URSULE

CHEZ LES MÊMES ÉDITEURS

OUVRAGES

DE MÉRY

Format grand in-18

POISSY. — TYP. ET STÉR. DE AUG. BOURLET.

URSULE

ROMAN INÉDIT

PAR

MÉRY

DEUXIÈME ÉDITION

PARIS

MICHEL LÉVY FRÈRES, LIBRAIRES ÉDITEURS

RUE VIVIENNE, 2 BIS, ET BOULEVARD DES ITALIENS, 15

A LA LIBRAIRIE NOUVELLE

—

1864

PRÉFACE

———

Autrefois, *les longs ouvrages faisaient peur*, comme nous le dit La Fontaine. Nous revenons au goût d'autrefois : le volume isolé prend crédit ; l'élixir triomphe du délayage. Nous sourions à ce progrès, et nous nous résignons volontiers à sa loi. Quel bonheur de suivre la mode quand la raison est à la mode !

Je tiens dans la main quatre vérités un peu crues, et fort scabreuses ; je crois du moins que ce sont des vérités ; excusez-moi, si je me trompe. Il me faut un volume par vérité. J'ai donné au public la première dans *Monsieur Auguste,* livre qui a fait son chemin, sans bruit, comme toute vérité reléguée pour cause de scrupule au fond d'un puits artésien. Deux éditions épuisées, en six mois, semblent pourtant prouver que ce livre a été compris.

J'ouvre la main pour donner le vol à la seconde vérité, dans ce nouveau volume URSULE. Quand je serai à quatre, je rentrerai dans le paradoxe, mon élément naturel ; je ferai battre encore, dans de nouveaux romans, les Anglais avec les Chinois, les Anglais avec les Indiens insurgés, comme j'ai fait autrefois, de 1840 à 1845, ce qui m'a valu tant de cris, *au Paradoxe!* Car, me disait-on, les Chinois et les Indiens doivent vivre éternellement en frères avec les Anglais. Paradoxe !

Le sujet de ce nouveau livre, *Ursule*, est pourtant vieux comme le monde ; l'Évangile lui consacre un chapitre admirable, et tous les auteurs profanes l'ont traité avec plus ou moins de bonheur.

L'ADULTÈRE, *puisqu'il faut l'appeler par son nom*, a fourni prétexte à tous les moralistes du livre et du théâtre. Ce crime a été flétri par quelques-uns, enjolivé par les

autres, et il a toujours fourni matière à force
épigrammes, quolibets, chansons, comédies.
Il paraît que ce crime a un côté fort plaisant.
Molière ne lui a jamais donné son vrai nom.
La Fontaine a fait une comédie, *la Coupe
enchantée*, dans laquelle il démontre que le
titre plaisant prodigué par Molière doit être
donné, comme surnom comique, à tous les
maris sans exception.

A-t-on fait rire au théâtre, aux dépens de
ces pauvres maris! La comédie a-t-elle assez
abusé de son privilége de châtier les mœurs
en riant! les dramaturges ont essayé de mettre
un peu de noir dans l'adultère en faisant
poignarder la femme coupable par un mari
vengeur. Leçon!

La leçon n'a corrigé personne; le crime a
fleuri, et le poignard a disparu de nos mœurs
et de nos armuriers.

> *Quand on l'ignore, ce n'est rien,*
> *Quand on l'apprend, c'est peu de chose.*

Telle est la définition de l'adultère, au point
de vue du vaudeville, œuvre du *Français né*

malin ; cette maxime a généralement pré-
valu. O maris ! sachez ignorer votre sort, *Ce
n'est rien !*

Ah ! *ce n'est rien !* Examinons la question
sous un point de vue nouveau et sérieux,
examinons ce *rien,* malgré le proverbe an-
tique de Lucrèce *de nihilo nihil.*

URSULE

I

INTRODUCTION

Silvain, le valet de chambre, entra dans l'herbier
d'Urbain Andrivet, et dit :

— La voiture de monsieur le comte est avancée.

C'était un Frontin moderne, un jeune homme de
trente ans, à la démarche grave, à l'œil vert, au regard louche ; il tenait à la main un journal qu'il se
remit à lire, après avoir fait son annonce promptement et en donnant le titre de comte à son maître.

Urbain eut l'air de ne pas entendre, et continua
d'examiner une tige d'hibiscus, vrai phénomène de
floraison.

Comme il contemplait ce phénomène, une jeune femme entra, fit un léger haussement d'épaules et s'assit.

Après un moment de silence, elle dit :

— Je suis là.

Urbain se retourna vivement et répondit :

— Ah! chère amie, je suis à toi dans l'instant... nous allons partir... Es-tu curieuse de voir ceci?... une magnificence végétale que j'ai reçue du jardin zoologique de Ceylan...

— Si nous tardons encore, reprit la jeune femme, la chaleur sera plus forte, et...

— Nous partons, interrompit Urbain, en arrangeant ses fleurs empaillées, nous partons... C'est égal, les Chinois sont plus forts que nous en agriculture!... Pourquoi le gouvernement ne place-t-il pas deux Chinois fleuristes au Jardin des plantes?... Nous partons, Ursule... Ah! un instant... laisse-moi serrer la médaille que M. Dieffenbach m'a envoyée de Friedberg... Est-ce beau!... un module de cette dimension!... *Auguste fermant le temple de Janus!*... presque aussi rare qu'un Othon-grand-bronze!...

— Nous manquerons le convoi! interrompit Ursule sur le ton de l'impatience.

Cette réflexion menaçante, inconnue de nos pères, produit toujours son effet sur les indolents et

les retardataires de profession. Urbain suivit sa
femme d'un pas leste; on ne perdit plus une minute;
la voiture se dirigea au vol vers la gare du Nord.

Urbain et Ursule comptaient quatre ans de mariage.

— En voilà deux qui ont inventé le bonheur!
avait-on dit dans le monde à leur première apparition.

Ils avaient, en effet, tous les éléments de la vie
heureuse. Urbain était un jeune mari complétement
dépourvu de défauts. Sa figure fraîche, ronde, sereine, annonçait l'absence de toute mauvaise passion, comme la blanche pleine lune d'été promet un
quartier d'azur et d'or. Ses yeux d'un bleu clair et
tranquille ne donnaient jamais une étincelle d'ani-
mation; le calme intérieur se réflétait toujours dans
leur nuance immuable. Les goûts simples rempla-
çaient chez lui les passions actives; il aimait l'étude
de la philosophie, l'art numismatique, la chimie et
la botanique, toutes choses qui se concilient si bien
avec l'humeur sédentaire et l'affection pour le toit
domestique. Une grande fortune lui permettait de
consacrer à ses études et à ses collections des dé-
penses assez considérables, mais réglées avec dis-
cernement par un sage esprit d'économie. Sa belle-
mère, femme d'expérience parisienne, disait de lui :

— Ah! que je serai heureuse le jour où je découvrirai un défaut chez Urbain !

Ursule, sa femme, a vingt-quatre ans en 1855. Ce n'est pas une de ces *belles personnes* qu'on admire au théâtre et dans les bals publics, et qui servent de point de mire aux lorgnettes et aux doigts indicateurs; elle n'a aucun éclat bruyant sur sa figure ni sur sa toilette : sa grâce et ses charmes ne se révèlent que dans le demi-jour du salon, lorsqu'elle a quitté son chapeau, sa mantille ou son châle, et que rien ne dérobe ses beaux cheveux noirs, l'ovale pur de son front, la fraîcheur de son teint, le calme virginal de ses yeux, la souplesse ouatée de son col, les limites savoureuses de ses épaules, la perfection de son corsage, la finesse de sa taille et tout ce qu'on devine dans l'invisible, par une règle de proportion que font si aisément les mathématiciens de la forme et les connaisseurs en beauté.

Quant au caractère d'Ursule, il se dessinera plus tard en paroles et en actions.

La voiture conduisit les deux jeunes époux à la gare du Nord. Urbain prit deux billets de wagons pour la station d'Enghien.

Peu d'instants après, le coup de sifflet du départ se fit entendre, et la locomotive prit le galop.

Six compagnons de promenade, surnommés pompeusement VOYAGEURS *de Paris* par les préposés des stations de banlieue, complétèrent le personnel du wagon. Trois de ces voyageurs, ne pouvant supporter le poids de leur pensée jusqu'au lac d'Enghien, s'endormirent profondément. Un autre prit un journal et fit semblant de lire ; les deux autres causèrent de la rente et de la chaleur. Urbain, perverti ou magnétisé par le voisinage, s'endormit pour faire le quatuor.

Ursule regardait ces hommes avec des yeux pleins de tristesse, et personne ne la regardait.

Les deux causeurs changèrent de sujet à la station de Saint-Denis ; ils parlèrent des infiltrations souterraines qui s'étendent aux caves des maisons voisines du lac d'Enghien, et causent de grands ravages.

—- Y a-t-il un remède à cet inconvénient? demanda le plus jeune.

— Sans doute, répondit l'autre ; un remède fort simple, mais un peu cher : il faut faire recrépir les murs et le plancher avec de la pozzolane. Je m'en suis servi, et je m'en trouve fort bien.

— Vous dites... de la poso...?

— Pozzolane, *pozzolano*... En français, pozzolane ; c'est un nom italien.

1,

— Je vais l'écrire sur mon agenda... Où trouve-t-on ça?

— Quai de Valmy... n°... n°... j'ai oublié le numéro...; mais on ne peut pas se tromper, il y a sur le mur extérieur : *Dépôt de pozzolane d'Italie.*

— En faut-il beaucoup?

— Oui, si l'infiltration est considérable. En tout état de choses, consultez mon maçon... Jean Isnard... un honnête homme... Je vous l'enverrai.

— Oui, envoyez-le-moi entre quatre et cinq.

Les deux causeurs cherchèrent un autre sujet de conversation pour tuer les trois minutes qui les séparaient encore de la station; mais, n'ayant rien trouvé, ils alternèrent sur tous les tons ce refrain :

— Ah! qu'il fait chaud!

Deux larmes mouillèrent les joues d'Ursule. Elle voyait la colline de Montmorency et sa forêt verte, un vaste paysage couronné par l'azur du ciel, une fête que Dieu donnait à la nature, et pour spectateurs trois hommes et son mari endormis dans les compartiments du wagon, et deux aimables causeurs s'entretenant des infiltrations du lac. C'était bien triste!

Au cri d'*Enghien!* poussé avec un la-bémol par le ténor de la station, les dormeurs du wagon se

réveillèrent en sursaut. On descendit avec tristesse,
comme si le wagon eût transporté des condamnés
dans une prison cellulaire. Ursule prit le bras de son
mari, qui ne l'offrait pas, et nos deux jeunes époux
arrivèrent en quelques minutes à leur chalet, séparé,
du lac par de belles allées de tilleuls et un vaste
jardin.

II

Les confidences

En entrant au chalet, Ursule donna son ombrelle, son chapeau et sa mantille à Brigitte, sa femme de chambre, et lui dit :

— Madame Vertbois est-elle arrivée ?

— Oui, madame, répondit Brigitte ; elle est assise dans le quinconce, et s'impatiente beaucoup.

— Je vais la rejoindre... Écoutez, Brigitte, si, par hasard, mon mari me demandait, vous lui diriez que je suis avec Mme Vertbois.

Brigitte inclina la tête, et tourna légèrement sur ses talons, en disant tout bas, et en soulignant ces deux mots :

— Par hasard !

Mme Verbois se donnait trente ans ; elle en avait

donc trente-quatre ; mais ce petit mensonge était
le seul qu'elle eût commis dans sa vie. Sa fraîche et
ronde figure respirait la franchise; son esprit, un
peu bourgeois, étincelait de bon sens. Elle était
heureuse de vivre, d'avoir deux enfants, et d'être
aimée de son mari, un honnête industriel, qui tra-
vaillait six jours de la semaine et ne se reposait pas
le septième, car son usine était de celles qui doivent
fonctionner toujours et sans interruption.

En voyant arriver Ursule, Mme Vertbois quitta sa
broderie, se leva, pour courir au-devant de son
amie; elle l'embrassa bruyamment, et lui dit :

— Mon Dieu ! que tu arrives tard ! Il y a trois
heures que je t'attends. Nous sommes arrivés avec
la fraîcheur; mais, mon mari m'a accompagnée à Enghien, puis il est retourné à Saint-Denis.

— Que veux-tu ! chère amie, dit Ursule, en s'asseyant sur une causeuse de jardin. —Mon mari n'en
fait jamais d'autres ; il met trois heures à se décider
lorsqu'il doit dire adieu à son atelier, à son herbier,
à son médailler, à toutes ses antiquailles. Ce matin,
il avait de plus toute une famille de fleurs chinoises
à embrasser.

— Ah ! ma chère Ursule, reprit Mme Vertbois, tu
dis tout cela sur le ton de la plainte et du reproche.
J'aime assez, moi, un mari qui a des passions

innocentes, et qui n'embrasse que des fleurs.

— Toi, Marie, tu serais heureuse comme une sainte au paradis, avec un mari comme le mien, dit Ursule.

— Eh bien! qui t'empêche d'être heureuse, toi, comme je le serais, moi?

— Ah! qui m'empêche!... belle question!... C'est moi qui m'empêche... c'est mon caractère... ma nature... mon éducation...

— Bah!... on se refait, interrompit Marie; on se refait quand on est mal faite. Tous les sept ans, on change de peau et de caractère.

— Mais on ne change pas de tête, ma bonne Marie; et je garderai la mienne toute ma vie, avec tout ce qu'il y a dedans.

— Et qu'y a-t-il, Ursule?

— Il y a mes goûts, mes instincts, mes penchants, mes passions, mes rêves, mes idées, et un beau matin, malgré toute ma volonté, je ne puis pas chasser tout cela, comme on donne congé à des locataires dont on est mécontent. Ce que j'ai là, au front, est mieux enraciné que ce tilleul.

— Tu me fais peur! — dit Mme Vertbois, en joignant ses mains. — Ma bonne Ursule, je tremble pour toi... Écoute... nous sommes des amies d'enfance... nous sommes sœurs en amitié... parle-moi avec plus de franchise... Est-ce que parmi tes locataires on ne trouverait pas un certain monsieur... le comte de...

— Non.

— Ursule, je n'aime pas ce *non;* il est trop sec. Ce *non* est un *oui* déguisé.

Ursule embrassa vivement son amie, et lui laissa une larme sur la joue.

— Ce n'est pas moi qui ai pleuré ! dit Marie avec épouvante... Ah ! Ursule ! Ursule ! j'ai le malheur d'avoir deviné !

— Ne parlons plus de cela, Marie...

— Parlons-en, au contraire ; parlons-en beaucoup, interrompit Marie. Un médecin interroge le malade sur son mal, et le malade répond : je souffre, n'en parlons plus ! Allons donc ! le médecin ne prend pas sa canne et son chapeau, il reste au chevet du malade...

— S'il y a chance de guérison...

— Comment ! interrompit Marie en pâlissant; tu es déjà incurable !... Y aurait-il eu un commencement d'exécution ?...

— Oh ! ma chère ! dit Ursule, avec indignation, peux-tu me juger si mal !

— Enfin, tu aimes le jeune comte Edgar de... Bon ! tu l'aimes, c'est convenu... tu vois que je te

juge bien... Amour innocent jusqu'à ce jour... à la
bonne heure !... mais tous les amours criminels ont
commencé par l'innocence... As-tu à te plaindre
de ton mari ?

— Non, ma chère.

— Je le crois, Ursule... Eh bien! ta faute serait
sans excuse. Sans doute, Urbain n'est pas l'idéal
du mari ; mais je le connais aussi bien que toi, et
il ne mérite pas... un malheur.

— Mais je ne songe pas à le rendre malheureux,
moi ; au contraire... quoique...

— Quoique... Achève, Ursule.

— Mon Dieu! que veux-tu que je te dise!... Je
m'ennuie horriblement avec cet homme-là !

— Mais, chère amie, on s'ennuie avec tous les
hommes, aujourd'hui. Nous sommes nées trop
tard. Crois-tu que je m'amuse, moi? Mon mari a
trois cents ouvriers, une usine grande comme un
village, des machines anglaises, vingt-deux commis,
quarante lettres à écrire par jour, et tous les soucis
de l'univers dans sa tête. L'autre soir, je l'ai surpris dans un mouvement de tendresse, et je lui ai
proposé une promenade sur l'eau; il a d'abord accepté, puis s'est ravisé tout à coup, et s'est écrié
en se frappant le front : « Ah! il faut que j'écrive à
Adélaïde ! — Allez écrire, monsieur, » lui ai-je dit...

et je lui ai gardé rancune deux jours. Cela peut-être
aurait pu commencer une vengeance; mais heureusement j'ai appris qu'Adélaïde était une ville d'Aus-
tralie; on m'a montré ce nom sur la carte. Ce matin,
je lui disais : « Mon ami, qu'attends-tu pour te retirer
des affaires? En liquidant, tu as deux cent mille
francs de rente; tu es aussi riche que l'empereur.
Nous n'avons que deux filles; leur dot est faite, et
quelle dot! Elles peuvent épouser deux princes.
Nous quitterons Saint-Denis; nous aurons un hôtel
sur le boulevard, un équipage, des chevaux sérieux,
une loge à l'Opéra. » Vertbois a poussé un cri déchirant, devant mon projet, comme si je lui eusse con-
seillé d'aller se pendre, et il m'a dit : « Tu parles
comme une femme! tu n'entends rien à l'industrie.
Mes trois cents ouvriers sont mes enfants; un père
ne quitte pas sa famille; un général ne quitte pas
son armée. Se retirer des affaires, c'est déserter,
passer à l'ennemi, c'est-à-dire à l'oisiveté. Que pen-
seraient de moi mes correspondants de Manchester?
A Birmingham, mon ami, M. Schwab, a une fortune
de cent millions, et il travaille comme un ouvrier.
Nous sommes des enfants auprès des industriels
d'Angleterre. Le proverbe a raison : *L'homme est
né pour travailler* — Et la femme pour aimer, » ai-je
dit en l'embrassant. Il m'a répondu par un grand

éclat de rire, et a disparu comme une locomotive qui a pris le mors aux dents. Eh bien! ces petites scènes domestiques me coûtent une ou deux larmes d'occasion, puis je me mets au piano; je chaudronne une heure, je joue quatre polkas, et je pardonne à mon mari.

— Oui, oui, dit Ursule avec mélancolie; mais tu as deux enfants, toi, deux adorables filles qui sont la joie de ta maison... et moi... moi! je suis seule... la solitude conseille mal. Vois-tu, ma chère Marie, aujourd'hui, le malheur d'une femme est de naître riche. Une héritière n'est plus une jeune fille, c'est un portefeuille; on l'expose sur un bureau de notaire, et un homme riche et calculateur se l'adjuge; il ne l'épouse pas. L'amour ne joue aucun rôle dans ces enchères conjugales. Si j'avais eu le bonheur de naître pauvre, j'avais la chance de ne pas me marier, ce qui n'est jamais un malheur, ou d'épouser mon amant, un fiancé de l'amour. J'étais une héritière, on m'a cotée à la Bourse, et on m'a jetée dans le portefeuille du plus fort enchérisseur. Quatre ans se passent, et si je viens à rencontrer mon idéal, on me défend de l'aimer; je ne dois aimer que mon acquéreur, celui qui ne m'aime pas, et que j'ai enrichi; celui qui m'a épinglée comme une action de Bourse dans son portefeuille, et ne m'a jamais mise dans son cœur. Au moins, si j'eusse été consultée, au moment de ce trafic, et si mon acquiescement libre eût sanctionné le marché nuptial, j'aurais aujourd'hui mauvaise grâce à me plaindre, et je me soumettrais aux servitudes du contrat; mais point du tout, on m'a traitée en chose inerte : on m'a mêlée dans les obligations de la ville de Paris, comme un chiffon à souche, on m'a mis un timbre sur le front, et on m'a crié : Sois fidèle au portefeuille, et n'en sors jamais!

— Calme-toi, ma chérie, calme-toi, dit Mme Vertbois, en prenant les mains d'Ursule ; ma pauvre amie, je suis ton ancienne dans le mariage, et tu ne m'apprends rien de nouveau. J'ai pensé mille fois ce que tu viens de dire, et j'ai eu mes occasions aussi, et je les aurai encore ; c'est surtout à mon âge que les femmes sont attaquées, parce qu'on suppose qu'il y a abandon mutuel dans le ménage pour cause d'ancienneté. Eh bien! les galants peuvent venir, ils seront reçus comme je les recevais à vingt-quatre ans. Moi, compromettre ma tranquillité dans une intrigue avec un de ces coureurs d'aventures! Oh! jamais! cela n'en vaut pas la peine. La sagesse a ses ennuis, je le sais, Ursule, mais j'aime mieux les ennuis de la sagesse que les tribulations du vice. Mon mari est un honnête homme qui m'aime à ses moments perdus, et n'a jamais rien fait pour me donner une heure mauvaise. Je l'aime avec la modération de l'habitude, et il ne me demande rien de plus. Prendre un amant, lorsqu'on a un mari, me paraît un luxe absurde au dernier point. Si j'avais pris un amant, je sens que je serais revenue à mon mari, un mois après ma chute. Eh bien ! j'ai toujours voulu m'épargner les frais du retour. Oh ! deux hommes sur les bras ! Ouf ! laisse-moi respirer !

— Tu en parles bien à ton aise, toi, dit Ursule avec tristesse ; tu as le bonheur de voir deux charmantes filles à tes côtés, deux anges qui te gardent ; tu es mère, et moi, je suis seule au monde ; j'habite une maison déserte. Que sont tes ennuis auprès des miens ! Mon mari est un honnête homme aussi ; qui n'est pas honnête homme ? voilà un beau mérite ! je voudrais qu'il eût une maîtresse, comme tant d'autres, parce que je le ramènerais à son devoir à force d'amour, et que je le verrais à mes pieds, implorant mon pardon, et me donnant enfin une douleur et une joie de la vie d'une femme...

— Bien ! interrompit en riant Mme Vertbois, tu vas même lui faire un crime de sa fidélité !

— Mais sa fidélité n'est pas une vertu, reprit Ursule ; c'est une paresse d'organisation ; je ne lui

en sais aucun gré. Il a des exigeances et jamais de
désirs : même au premier quartier de notre lune de
miel, il lisait le journal du soir, depuis le titre jusqu'au nom d'imprimeur, avant de se coucher, et il
montait méthodiquement sa montre devant la cheminée, comme un mari de cinquante ans. Il m'a
embrassé une seule fois, en plein jour, et sais-tu
pourquoi? Il venait d'être nommé vice-président de
la société de botanique! il ne se possédait plus de
joie. Le soir, il me conduisit au Théâtre-Français ;
on jouait une comédie qui lui plaît beaucoup, *Tartuffe ;* c'est la troisième fois qu'il nous paye le plaisir de cette comédie, et je n'ai jamais pu le décider
à me conduire à l'Opéra.

— Ainsi, vous continuez à passer vos soirées à la
maison? demanda Marie.

— Moi, je ne sors jamais, reprit Ursule ; quant à
lui, il va très-souvent à ses séances de botanique et
me laisse seule. Quand il ne sort pas, il s'occupe
dans son herbier ou met en ordre ses médailles.
Pendant le jour, il fait de la photographie. Depuis
quatre ans, cela n'a pas changé. Tous les jours se
ressemblent dans ma semaine : je les appelle tous
vendredi.

— Et avec sa fortune, reprit Marie, il pouvait
ouvrir ses salons, recevoir, et...

— Lui ! interrompit Ursule, il a le monde en horreur ! il ne fréquente personne ; nos seuls amis sont nos voisins de campagne, les frères Tavignon, et nous sommes en visite avec eux, parce qu'ils ont un magnifique jardin de fleurs rares et une serre de plantes équinoxiales à Saint-Gratien, de l'autre côté du lac... Mais voici le plus curieux, et je te le gardais pour la fin du portrait... Mon mari est jaloux...

— Il est jaloux ! s'écria Mme Vertbois.

— Jaloux comme un tigre hypocrite ; il faut le deviner avec la pénétration d'une femme. Je lui ai découvert cette vertu fort tard. -

— S'il est jaloux, il t'aime, dit Mme Vertbois ; alors, de quoi te plains-tu ?

— Il m'aime, oui ; mais il m'aime à sa manière, comme un bon bourgeois qui regarde le mariage au point de vue hygiénique et qui aime cent fois plus le mariage que la femme. J'ai entendu, à ce sujet, à travers une cloison, la plus étrange des conversations entre mon mari et son médecin... Ah ! ma chère Marie, si tu savais quelle est notre valeur réelle pour certains hommes !... Cette révélation me porta le dernier coup. Mon mari se montra sous un nouveau jour : c'était un jeune homme, sage avant l'âge mûr, ayant réglé sa vie avec une précision mathématique dans l'intérêt de sa santé ; se donnant

chaque matin audience à lui-même pour régler
l'hygiène à suivre jusqu'au lendemain ; adorant sa
petite personne et la soignant avec un égoïsme de
vieillard poltron ; enfin , que te dirai-je, regardant
l'amour comme un article du *Dictionnaire des*
sciences médicales, et le mariage comme un état de
routine salutaire qui régularise la passion , donne
l'embonpoint, purifie le sang et garantit une viei-
lesse exempte de douleurs. Et nous, pauvres jeunes
filles, on nous donne des éducations de princesses ;
on nous initie à tous les arts d'agrément ; on
enrichit de tous les trésors de l'instruction notre esprit et notre cœur ; on nous façonne aux belles ma-
nières et au beau langage , pour servir de panacée
vivante à ces calculateurs de la passion hygiénique,
à ces égoïstes de la santé ! Oh ! vois-tu , ma chère
Marie, j'en sais trop aujourd'hui, j'en ai trop appris
de secrets en écoutant aux portes , et je prie Dieu
de bien me garder !

— Et moi, je te garderai, après Dieu, et je ne te
quitte plus , dit Marie avec une expansion d'amitié
ardente ; je quitterai Saint-Denis, j'irai vivre avec
toi, à Paris, dans ton hôtel, sous prétexte d'être plus
près de mes deux filles et de surveiller leur éducation. Le péril est plus grand que je ne croyais. Tu es
perdue, mon ange, perdue sans retour, si une main

ne te retient pas au bord de l'abîme! Quel malheur pour moi d'avoir vécu si longtemps loin de toi! je t'aurais sauvée, et je crains d'arriver trop tard.

— Mais, reprit Ursule avec un calme d'emprunt, mais je ne t'ai fait aucun aveu alarmant, il me semble...

— Tu te justifies avant la faute, interrompit Marie, voilà ce qui me fait peur; tu prends déjà tes précautions pour faire excuser l'aveu qui viendra plus tard; tu détailles avec une effrayante complaisance tous les torts de ton mari pour t'absoudre d'avance à tes propres yeux, et pour rencontrer chez moi ou le silence qui approuve, ou l'indignation qui encourage. Eh bien! mon ange, tu te trompes. Une femme ne peut et ne doit jamais transiger avec son devoir. Tous les torts du mari ne changent pas la nature du crime de la femme; un crime est toujours un crime, et celui dont tu nourris le germe en toi est le plus grand de tous. Et si ce crime apportait avec lui quelques douceurs à la femme coupable; mais Dieu te préserve des remords, des souffrances, des tortures qui suivent une chute! Crois-tu trouver dans un amant l'amour dont tu as besoin? Tu trouveras un second mari qui te fera regretter le premier. Tu trouveras un étourdi, un fat, un indiscret, un oisif, un menteur,

2

qui traversera un instant ta vie, pour te laisser au
cœur une amertume incurable. Tu te plains de ton
mari, chère ange. Eh bien! tu as tort, crois-moi;
ton mari t'a rendu le plus grand des services; il t'a
déjà fait connaître l'amant inconnu. Dieu n'a pas
fait deux moules pour les hommes. Tu dis que le
malheur d'une femme est de naître riche, tu aurais
dû dire : est de naître femme. Les hommes ont fait
la loi, les hommes sont les magistrats de la loi, les
hommes sont les exécuteurs de la loi, il faut nous
soumettre; tout leur est permis, à eux; tout nous
est défendu, à nous. Ainsi, quand même une infidélité conjugale ne serait pas un crime devant
Dieu, elle trouverait toujours une flétrissure et un
châtiment au tribunal des hommes. Oses-tu courir
la chance d'être traînée au palais de justice pour te
voir déshonorée par un réquisitoire? Ces horribles
scènes de femmes publiquement flétries se renou-
vellent tous les jours. Veux-tu ajouter un nom à
cette liste infinie qui commence à la femme adultère de l'Évangile? C'est qu'à Paris, on est moins
tolérant qu'à Jérusalem : les hommes n'y sont pas
sans péchés, et ils jettent tous la première et la dernière pierre à une pauvre femme. Veux-tu te faire la-
pider?

Un long soupir fut la réponse d'Ursule.

Marie sollicitait une réponse par son regard fixe
et expressif, car ce long soupir semblait annoncer
que le plus sage des raisonnements ne triomphe jamais d'une résolution immuable.

La réponse attendue n'arriva pas, et l'entretien
prit une autre direction.

— Chère Marie, dit Ursule, j'accepte avec joie le
secours que tu m'offres. Viens à Paris, viens m'ar-
racher à un isolement dangereux; j'ai besoin d'a-
voir à mon côté une amitié intelligente qui me com-
prenne. Mon mari et moi nous parlons une langue
différente. Lui dédaigne ma sottise de femme, moi
je méprise sa science d'homme. Notre entretien m'a
un peu soulagée. Oui, je me trouve mieux... j'ai
parlé... Nous passerons notre journée ensemble.
C'est tout ce que je peux promettre... et crois-moi,
c'est beaucoup.

— Ah! je comprends, dit Marie... c'est sans doute
là que tu rencontres le...

— Pas un mot de plus, interrompit Ursule : voici
mon mari...

— Oh! il est encore bien éloigné! remarqua Marie,
et il n'a pas l'air de se diriger vers nous... Il lit...
Quelle espèce de livre peut-il lire?... Il convient
pourtant que j'aille le saluer... Viens avec moi;
allons au-devant de lui.

Urbain méditait sur son livre ; un double frôle-
ment de robes lui fit lever les yeux ; il reconnut tout
de suite Mme Vertbois, et l'ayant saluée avec une
politesse froide, il échangea avec elle ces formules
oiseuses qui ne signifient rien, et dont on se débar-
rasse au plus vite pour entrer en conversation
suivie.

— Quel beau roman lisez-vous là, si je ne suis
indiscrète? demanda Mme Vertbois, sur un ton gra-
cieusement léger.

— Un roman ! fit Urbain sur un ton grave ; moi,
lire un roman !

— Que peut-on lire à la campagne? reprit
Mme Vertbois.

— A la campagne, dit Urbain, on doit s'instruire
comme à la ville.

— Mon mari est vice-président de la Société de
botanique, ajouta Ursule, avec une légère em-
phase.

. Urbain, qui ne comprenait jamais la figure de
rhétorique nommée *ironie*, s'inclina.

Mme Vertbois prit tout à coup un maintien respectueux, à l'annonce officielle d'une si haute fonction.

— Ursule, dit le mari, j'ai dépensé cinquante
mille francs pour ma serre, et l'architecte et le

terrassier m'ont volé. Je suis mangé par les
taupes !

— Ah ! voilà un malheur ! dit Ursule.

— Je viens encore de découvrir, en arrivant,
deux racines de roses carné de Java, et une belle
tige de lavantera de Chine dévorées par ces horribles animaux ; et notez bien, mesdames, que les
taupes ne s'attaquent qu'aux plantes exotiques, à
l'aristocratie des fleurs.

— Les taupes ont le goût distingué, remarqua
Ursule.

— J'ai essayé de l'arsenic pour les détruire ;
c'est un excellent poison pour détruire la race des
rongeurs ; mais, bah ! les taupes se moquent bien
de l'arsenic ; on dirait qu'elles ont lu M. Raspail. Je
cherche donc dans ce livre, que vous avez pris
pour un roman, madame Vertbois, je cherche une
combinaison de substances vénéneuses propre à la
nature des taupes. Ce livre est un traité de toxicologie.

— Toxi... dit Mᵐᵉ Vertbois, de l'air d'une femme
qui veut s'instruire.

— Toxicologie, reprit Urbain... de *toxicum*,
poison.

— Comme ce livre doit être intéressant ! dit
Mᵐᵉ Vertbois.

— Madame, poursuivit Urbain, le *mithridaticrm* est plus intéressant encore; il comble une lacune : il traite des contre-poisons.

— Comme ça doit être intéressant! dit Mme Vertbois avec un sérieux admirable.

— Oh! la toxicologie est un art merveilleux, reprit Urbain avec un enthousiasme concentré : les Chinois et les Indiens ont fait de vrais miracles en toxicologie. Je viens de trouver, là, dans ce livre, un poison chinois, contre les *kandjils;* ce sont les taupes de l'Inde. Vous savez que les Chinois sont les premiers botanistes du monde ?...

Mme Vertbois fit un signe affirmatif.

— Et les premiers horticulteurs aussi, poursuivit Urbain. Eh bien! voici la recette toute simple qu'ils me donnent pour exterminer les *kandjils*... Une décoction de nénufar, à l'eau froide ; une racine de tulipier jaune, et une poignée de feuilles de cette espèce de mancenillier que nous nommons *mancenillier - lethalis*, en botanique. Avec ces ingrédients, on compose une drogue qui détruit les taupes radicalement.

— C'est merveilleux ! remarqua Mme Vertbois.

— A la campagne, reprit Urbain, si on n'avait pas ces occupations sérieuses, on s'ennuierait à la mort. Le dimanche est assommant, surtout par cette chaleur ; il faut le tuer comme on peut, pour attendre le lundi, qui nous ramène à mon hôtel du faubourg Saint-Honoré.

— Où les amusements abondent, ajouta Ursule.

— Où les amusements abondent, comme dit ma femme, reprit Urbain, avec ingénuité. Si je n'avais pas pour voisin les Tavignon, qui sont les plus forts botanistes du département, j'aurais déjà vendu ce chalet. J'ai passé ici des dimanches mortels, quand Léclancher organisait ma serre. J'en étais réduit à me promener sur le lac, comme une oie... Et à propos de lac, je vais dire à Lucien de préparer le canot. Après déjeuner, nous irons chez les Tavignon. J'ai du neuf à leur annoncer. Avant-hier, nous avons admis une rose nouvelle : la *rose-Jacquemont*, originaire du Penjaub, à pétales vertes tigrées; une merveille !

— Cher ami, dit Ursule, vous irez seul chez les Tavignon; je reste au chalet avec Marie.

— Oh! non! oh! non! reprit Urbain; tu viendras, et nous présenterons Mme Vertbois. Tu viendras, je l'exige... entends-tu? Je te dirai pourquoi... mais plus tard.

Et, sans attendre la réponse, il courut vers le perron du chalet.

Ursule croisa les bras et regarda fixement Marie.
Cette pantomime fut comprise.

— Ah! dit Mme Vertbois en laissant tomber lourdement ses mains, ah! je ne le croyais pas de cette
force! Mais c'est égal, je persiste dans mon conseil.
Ma chère ange, ne t'oublie jamais.

— Comme c'est flatteur pour moi! reprit Ursule
avec tristesse; comme c'est obligeant, tout ce qu'il
vient de dire sur le dimanche et la campagne!

— Oui, mon ange; je conviens qu'il a l'étourderie
de l'impolitesse au dernier point; mais c'est un
mari. Mes adhésions seront toujours terminées par
ce *mais* inexorable. Je te plains dans tes ennuis; je
t'abandonnerais dans tes remords.

— Et le voilà maintenant qui m'ordonne de l'accompagner chez les Tavignon!

— Ah! je reconnais encore un mari à cette imprudence, dit Mme de Vertbois en riant. Je présume
que le jeune comte en question joue le botaniste de
l'autre côté du lac?

— C'est un voisin des Tavignon, répondit Ursule.

— Et se douterait-il déjà de quelque chose? demanda Marie à voix basse; il y a un mystère dans
les dernières paroles qu'il a dites.

— J'ai deviné son mystère, répondit Ursule en
haussant les épaules; il a de légers accès de jalousie

contre un homme de trente-quatre à trente-six ans, qui passe sa journée chez les Tavignon. Mon mari l'a surnommé Tartuffe. Je ne sais pas même son nom, moi.

— Eh bien! voyons, quel parti prends-tu, Ursule?

— J'obéirai.

— Bah! reprit Marie, au fond, je suis bien aise de voir de près ce jeune comte...

— Mais, au nom du ciel, Marie, ne laisse rien deviner de mes confidences.

— Sois tranquille, Ursule; les femmes d'expérience savent regarder sans voir, observer sans regarder, écouter sans prêter l'oreille. Je vais me faire statue; mais ce soir, je saurai mieux que toi ta situation présente et ton avenir, et je te ferai faire connaissance avec ton cœur.

La cloche sonna le déjeuner et interrompit l'entretien au moment où il était épuisé.

III

Chez les Tavignon

La propriété des frères Tavignon a pour limite le lac de Saint-Gratien. On s'y croirait en Afrique, dans la zone du lac des Makidas. En été les cloisons des serres sont mises sous hangar, et le tropique s'arrondit sur ce coin du nord, dans sa nudité radieuse, avec ses arbres, ses plantes, et ses fleurs.

Urbain avait une discussion avec l'aîné des Tavignon, sur la rose chinoise, nommée *la reine des jardins*, et qui porte aussi deux autres noms; Urbain soutenait qu'elle se nommait *Nou-tan*, et son adversaire soutenait qu'elle se nommait *Hoa-oueng*. On cherchait un arbitre pour décider la question.

C'était une ruse d'Urbain; il savait très-bien que

cette fleur porte ces deux noms dans la Flore de
Chine, il cherchait un prétexte pour rompre un
tête-à-tête qui l'offusquait toujours, et qui, sans
être dangereux, pour le moment, donnait quelques
inquiétudes à l'avenir.

— Appelez M. Herman, dit Urbain à Victor Tavignon ; je me soumets à son jugement.

— Je veux bien, dit le grand botaniste.

Herman Varneff, celui qu'Urbain surnommait
Tartuffe, causait depuis une heure avec Ursule, et
donnait de l'ombrage, comme toujours au jeune mari.
Herman, on le sait déjà, était un grand blond de
trente-cinq ans, il avait une face ronde de chanoine
endormi, et son regard semblait à chaque instant
s'éteindre dans une langueur mystique. Une étroite
cravate blanche, à bouts flottants, et une redingote
noire, boutonnée du menton à la ceinture lui donnait un certain aspect clérical. Son organe se mo-
dulait dans une onction pénétrante ; c'était plutôt
une psalmodie qu'une voix. Sa démarche avait aussi
quelque chose de sacerdotal ; mais tout cet ensemble
naturel ou composé manquait de vérité réelle aux
yeux d'un habile observateur. Il avait l'air d'un
grand prêtre de faux dieux, mal déguisé. Était-ce
un habile comédien ? avait-il un masque ou un visage ? c'est ce que nous saurons plus tard.

Tavignon l'aîné soumit le cas en litige à M. Herman, qui écouta les yeux fermés et la bouche souriante. Il ne se hâta pas de répondre, et le moment venu, il psalmodia ainsi :

— Dans les *Lettres édifiantes et curieuses*, le révérend père Stanislas, de glorieuse mémoire, béatifié par notre saint-père Pie VI, de la maison Braschi, a consacré une longue lettre aux fleurs, aux fleurs charmantes qui sont les parfums du ciel, comme le soleil est le sourire de Dieu. La lettre est datée de Hong-cho-Foo, sur le Pei-Ho... Voir l'édition des frères Périsse... Le bienheureux Stanislas nous donne le dessin de l'*iu-lan*, qui est la fleur dont Salomon, avec toute sa puissance, ne pouvait égaler la beauté; c'est le lis de Sârons. Il cite encore l'*Haïtang*, symbole de la modestie en Chine, comme la violette en Europe; et arrivant à la reine des jardins, *rosa sinensis magniflora*, il lui donne les deux noms, et s'appuie sur l'érudition du célèbre mandarin botaniste Li-Kiew, le grand lettré.

— Eh bien! qu'avons-nous à répondre à cela? dit Victor Tavignon, enthousiasmé.

— Rien, dit Urbain, il faut s'incliner.

— Il est prodigieux! reprit Victor; oui, Herman est notre maître à tous.

— Quel dommage! pensait Urbain, que ce grand

botaniste soit amoureux de ma femme! Tartuffe!

— Mes bons amis, dit Herman d'un ton modeste, je n'accepte pas vos éloges. Je ne suis rien auprès de ces glorieux martyrs de la religion et de la science, qui suivirent François Xavier, l'apôtre des Indes, mort en mer devant le Japon, comme Moïse, au désert, devant la terre promise. Je suis l'écho affaibli de ces grandes voix... Mais *l'Angelus* sonne à Saint-Gratien, me permettez-vous de me retirer? J'ai un devoir à remplir.

Herman salua, et se perdit dans les arbres, à pas mesurés. Urbain le suivit des yeux en faisant cette citation mentale : *Il est trois heures et demie... certain devoir pieux me rappelle...*

— Si c'était une femme, je l'appellerais Flore, dit Tavignon.

— C'est un homme, et je l'appelle autrement, moi, dit Urbain.

On annonça le comte Edgar de Lovènes.

C'était un charmant et gracieux cavalier de vingt-cinq ans; un modèle de distinction; il était tout vêtu de blanc, comme un programme d'innocence, en circulation. Sa figure noblement régulière, son joyeux regard, sa bouche toujours prête au sourire, sa démarche pleine d'aisance, tout en lui annonçait la franchise, la bonne humeur, et la fierté de race,

3

tempérée par le progrès moral de notre siècle ni-
veleur.

Il serra les mains du grand botaniste et d'Urbain
s'assit sur un siége de gazon et parla tout de suite
avec une légèreté merveilleuse :

— Victor, dit-il, j'ai rencontré votre frère, à la
grille, en descendant de cheval; il m'a appris une
triste nouvelle, la mort de votre beau nénufar sur
votre pièce d'eau. Il avait de si belles fleurs jaunes!
Moi, je ne vous apporte rien de Paris. Le boulevard
est désert. La poussière court les rues : on en fait
de la boue avec les arrosoirs. Il y a une chaleur de
soupirail de cuisine. On étouffe en respirant. Les
chevaux nagent dans la sueur. Les omnibus sont
incomplets. Les épiciers font relâche; ils sont au
bois. Pas de nouvelles politiques. La Bourse ne
veut pas baisser, et ne monte pas. 1 et 75 offert.
Pas de demandeurs. Les chemins sont station-
naires. Pas une goutte de pluie. Le baromètre monte
toujours, pour donner le bon exemple à la Bourse.
On se plaint de la sécheresse à Montreuil. Mon fermier a donné sa démission. J'avais des comptes de
baux à régler; j'ai envoyé Paris et les affaires à
tous les diables, et je m'invite à dîner à Saint-Gratien. On respire ici. On voit de l'eau. Fumons un
cigare... Victor, acceptez ce regalia, pur Havane,

qui vient de la faillite d'un prince espagnol... Ah !
j'avais oublié... Vous ne fumez pas, vous, Urbain?
Un défaut de moins pour vous, un plaisir de plus
pour moi... A propos, Victor, votre famille de *roses
Victoria* se porte-t-elle bien? Hier matin, Léclancher m'a dit qu'elles avaient la jaunisse, et qu'elles
ne peuvent supporter l'air du lac.

— Elles vont beaucoup mieux, dit Urbain en
riant; il leur fallait beaucoup plus d'ombre. Le jardinier les a mises à couvert.

— Allons faire une visite à ces belles convales-
centes, dit le comte Edgar, en se levant; il faut être
galant avec les roses comme avec les femmes.

Urbain était enchanté de ce jeune homme; il le
suivit dans la visite aux rosiers, et prit grand plaisir
à écouter tout ce qu'il dit de spirituel, comme botaniste connaisseur.

A l'extrémité d'une allée, deux robes blanches,
admirablement portées, se dessinèrent dans une
éclaircie de soleil, et le comte Edgar, saisissant le
lorgnon, regarda l'apparition, et dit:

—Victor, vous me faites commettre une sottise!
Il y a des femmes chez vous, et vous ne me présen-
tez pas! Vous me laissez commencer par les roses?

—Vous connaissez l'une de ces dames, dit Victor,
madame Urbain...

— Raison de plus pour la saluer! reprit Edgar.

— L'autre est une amie intime, madame Vertbois... elle habite Saint-Denis.

—Femme superbe! — reprit Edgar, le lorgnon à
l'œil; taille de déesse, cheveux de l'école de Venise,
modèle de Milo... S'il y a des femmes de cette beauté
à Saint-Denis, je ne m'étonne point que saint Denis
ait porté sa tête dans cet endroit pour la perdre.—
Ah! mon Dieu! qu'ai-je dit? Si M. Herman m'avait
entendu, il m'excommunierait... Je l'ai vu rôder par
là tout à l'heure.

— Oui, dit Urbain avec ironie; il avait un devoir
pieux à remplir.

— Et cette belle femme, reprit Edgar, est-elle en
pouvoir de mari?

— Et d'un excellent et riche mari, M. Vertbois,
très-connu dans les environs.

— Et vous, Victor, quand vous mariez-vous?

— Moi, mais je vous attends, cher comte.

— Je conseille à tous mes amis de se marier, reprit
Edgar; je crains la disette. Et M. Vertbois est-il ici?

—Non, il garde son usine, même le dimanche.

— Bon! s'écria Edgar; voilà un mari qui mérite
de l'être! il met ses millions en cave, et expose sa
femme au soleil!... Victor, venez me présenter à
Mme Vertbois.

— Il est charmant, dit Urbain, dans un éclat de rire; en voilà un qui ne joue pas au Tartuffe !

— Attendez donc le dîner, cher comte, dit Victor ; vous lui offrirez le bras.

— Voilà un ami ! reprit Edgar, en serrant la main de Victor ; me garantissez-vous contre l'arrivée du mari ?

— Oui.

— Pourquoi n'y a-t-il pas des compagnies d'assurances contre les maris ? reprit Edgar ; pardon, Urbain, ne vous fâchez pas; à la campagne, nous sommes tous garçons... C'est que je me promets déjà un dîner délicieux. A table, il n'y a pas pour moi, de plat meilleur que le voisinage d'une robe. Cela dilate les poumons ; cela triple l'appétit. Je redoute de coudoyer un frac noir ; il me semble que je dîne avec un employé des pompes funèbres; et quand mon voisin ouvre la bouche, il me semble qu'il va chanter le *requiem*... Ainsi, Victor, M. Vertbois ne quittera pas Saint-Denis, malgré le dimanche ?

— Soyez tranquille, encore une fois, cher comte.

— Mais, s'il envoyait un cousin, comme inspecteur?...

En ce moment, un jeune et maigre vieillard de soixante-huit ans, tout habillé de gris, depuis les cheveux jusqu'aux talons, entra dans le cercle rural, serra la main de Victor, et s'assit.

— Monsieur Daniel Bergamin, mon voisin de campagne, dit Victor en présentant le nouveau venu.

— Inspecteur? demanda Edgar à voix basse.

— Non, reprit Victor en riant, M. Bergamin arrive à propos.

... Je vous présente M. Bergamin, célibataire de profession, un des fondateurs de la société du Caveau, un ami de Piis, de Barré, de Désaugiers; il a chanté le jus de la treille, les doux larcins, les *glougloux*, les appas, les bons drilles, le petit dieu malin, et les infortunes des maris. C'est lui qui a inventé ce fameux refrain du premier empire :

Si l'on mettait à l'eau fraîche
Toute femme qui pêche,
L'eau fraîche à la fin
Serait plus chère que le vin.

M. Bergamin s'inclina profondément, avec un air de modestie comique. Le comte Edgar se leva pour serrer la main du jeune vieillard.

Urbain s'amusait au dernier point de toutes les folies autorisées par la liberté de la campagne ; mais, par intervalles, il lançait un regard aux environs pour surveiller Tartuffe Herman et sa jeune femme.

— Vous avez eu le bonheur de vivre dans un beau temps M. Bergamin, dit Edgar ; je donnerai tous mes amusements pour vos souvenirs.

— Hé ! hé ! dit le vieillard, en se dandinant sur sa chaise de fer, ma vie a été assez bonne, grâces aux dieux, ma première jeunesse surtout. Nous étions, à Paris, quelques gaillards qui exploitions passablement les bénéfices de la guerre. Cela ne se verra plus.

— Hélas ! non, remarqua Edgar.

— Mon père, poursuivit Bergamin, m'avait acheté un remplaçant cinq mille écus; il se battait pour moi à la Moskowa, et il s'est fait tuer pour moi à Leipsig. C'était à l'époque de mon premier vaudeville, *le Mari content*. Il n'y avait alors à Paris, que des sourds, des borgnes, des boiteux, des nains et des poitrinaires. Tous les beaux hommes étaient sous les drapeaux, ou enterrés sur un champ de bataille. On ne rencontrait que des veuves consolables, ou des femmes à jeun ; quel temps pour les jeunes fous qui avaient un remplaçant! On ne savait où donner de la tête. Elleviou et Martin de Feydeau recevaient trente lettres de femmes par jour.

— Vraiment! s'écria Edgar.

— Comme j'ai l'honneur de vous le dire, reprit le vieillard ; Elleviou, qui était mon ami, me disait souvent : Ma position n'est plus tenable, si cela continue, je prends perruque, et je vais jouer les pères nobles aux Français. Elleviou était un homme superbe, exempté de la conscription à cause de sa beauté. Un vrai Antinoüs! Dans l'opéra des *Visitandines*, lorsqu'il chantait, avec un pantalon de casimir collant, ce fameux refrain :

> Enfant chéri des dames,
> Je fus, en tous pays
> Fort bien avec les femmes,
> Mal avec les maris !

ou bien

> Pourquoi me piquer de constance
> Quand je vois de nouveaux appas ?

ou encore

> Laissons aux sots l'ennuyeuse constance.

toujours du même opéra des *Visitandines*, les femmes déchiraient le velours de leurs loges avec les ongles : c'était un spasme général chez le sexe. Quelquefois Elleviou me disait : — Tiens, voilà trois lettres, fais-toi passer pour moi, le soir à la brune. Et je lui rendais ce service d'ami pour l'obliger.

— Oui, ce temps ne reviendra plus! remarqua Edgar avec mélancolie.

— Après 1815, reprit le vieillard, la France fut lente à se repeupler, et nous eûmes encore de belles récoltes. L'homme était couru comme le trois pour cent aujourd'hui. Tous les émigrés étaient vieux, nous faisions litière de duchesses et de marquises. Hercule n'était qu'un petit saint auprès de nous. En 1817, j'eus un duel avec Fayot pour la plus belle femme du faubourg Saint-Germain... On en parla dans le *Mercure de France*. M. de Cases, ministre de la police, me fit arrêter. Cela me mit à la mode. Au fameux 5 septembre, je sortis de prison, et les billets doux me tombaient comme grêle; je demandai un congé à Cypris, et je me réfugiai en Suisse pour boire le lait de la vertu.

— Mais vous devez avoir eu aussi bien d'autres duels? demanda Edgar.

— Oh! reprit le vieillard; nous jouions avec les duels, à cette époque. On ne sortait pas de la Porte-Maillot. Nous nous battions avec des rivaux, jamais avec des maris. Une femme mariée avait trois ou quatre amants. Le mari ne se mêlait pas de leurs

3.

affaires... Au reste, vous savez que de tout temps,
les maris sont les derniers instruits de ce qui leur
pousse au front. — Ah ! il n'y a pas de maris parmi
vous ?

— Allez toujours, dit Edgar ; et ne faites pas attention ; il n'y a qu'un mari, mais il entend la plaisanterie parfaitement.

Urbain sourit avec grâce et fit un signe affirmatif.

— Au reste, reprit M. Bergamin, en toute chose,
il y a toujours d'honorables exceptions ; j'ai même
connu une femme, en 18..18..1824 ou 25... une
femme qui a été fidèle à son mari, mais fidèle à ne
pas permettre le plus léger madrigal... Puis, entre
nous, voyons, qu'est-ce qu'une infidélité? c'est un
caprice de femme. Quel mal cela fait-il au mari?
aucun. Trouve-t-on un axiome plus sensé que celui-ci, répété pourtant, comme une vérité indestruc-
tible :

> Quand on l'apprend, c'est peu de chose.
> Quand on l'ignore, ce n'est rien.

— Je parie que vous êtes l'auteur de cet axiome,
dit Edgar.

— A peu près, reprit Bergamin ; il est d'un au-

teur de mes amis ; il est de mon temps. Cela vous
prouve la philosophie conjugale de cette belle époque. A l'Opéra, tous les maris applaudissaient Dé-
rivis, quand il chantait dans le *Rossignol,* ces deux
jolis vers de M. Étienne, de l'Académie française :

> Je suis l'ami de tous les pères,
> Le père de tous les enfants.

A l'Odéon, tous les maris applaudissaient cette
délicieuse chanson de la comédie de Picard, *le Con-
teur ou les deux postes :*

> Pour rendre son hôtellerie
> Plus agréable aux voyageurs,
> Un jour, Guillaume se marie
> Et l'on va chez lui plus qu'ailleurs ;
> Sa femme est jeune, belle et blonde,
> Il lui fit ainsi la leçon :
> Soyez polie avec tout le monde,
> Pour achalander la maison.

> Guillaume, après son mariage,
> Fit un voyage de deux ans,
> Et de retour, dans son ménage,
> Il trouva deux petits enfants ;
> Mon Dieu ! que ma femme est féconde,
> Pour avoir suivi ma leçon !
> La politesse avec tout le monde
> Achalande trop la maison.

— Bravo ! bravo ! s'écria Edgar en battant des
mains.

— Les jeunes filles même, reprit Bergamin, les
rosières de la vertu savaient que leurs mères étaient
infidèles, témoin ce refrain charmant de M. Étienne,
de l'Académie française, dans *Joconde :*

> Ma mère et le bailli sont bien,
> Et je crois que j'aurai la rose.

Aux éclats aigus de la voix chevrotante de
M. Bergamin, Mme Urbain et son amie accoururent,
et Ursule interrompit cet entretien moral, en disant:

— Vraiment, ces messieurs ne sont pas aimables ;
ils donnent un concert vocal, et les dames ne sont
pas invitées ! Ce n'est pas bien, monsieur Tavignon.

Urbain redoutant la suite du concert, se leva en
riant faux, et dit à sa femme, en lui offrant le
bras :

— C'est un concert pour les hommes ; allons faire
un tour à la faisanderie, avec Mme Vertbois.

Personne n'osa retenir Urbain, et l'entretien continua sur le même ton. Le mariage et les maris re-
çurent le coup de grâce, et l'adultère fut glorifié
par Bergamin, sous le nom peu propre qu'on lui
donne au Théâtre-Français.

IV

Gais refrains sur le... mariage

L'arrivée de nouveaux et nombreux invités mit
le désordre dans les plans de ceux qui avaient un
intérêt de passion ou de curiosité dans ce drame domestique. En général, lorsque vingt personnes des
deux sexes sont réunies à la campagne, on peut affirmer qu'à l'insu de presque tout ce monde une comédie se joue et s'improvise au milieu de comparses
aveugles ou complaisants.

Le comte Edgar, despotiquement cloué à une
table tumulaire de whist, comme un quatrième cy-
près, se résigna de bonne grâce aux ennuis de la
partie à quatre et passa même, aux yeux de tous,
pour un jeune homme dévoré de cette passion que
les dames d'un jeu de cartes inspirent si souvent, au

préjudice des dames du jeu du monde. Une fois assis, Edgar affecta de n'avoir plus qu'un souci au
monde, le souci du trick.

On avait offert une carte à Urbain, mais il s'était
récusé pour cause de stupidité aléatoire ; il était de
ceux qui disent avec orgueil : Je ne connais aucun
jeu.

Aurait-il connu tous les jeux, Urbain n'aurait accepté aucune partie ; il surveillait Tartuffe, qui, tout
parfumé d'encens, sortait des vêpres. Son front
rayonnait de béatitude séraphique, mais ses yeux
ne perdaient pas un mouvement de la belle Ursule
dans sa promenade. Urbain devinait qu'Herman
cherchait une occasion d'aborder sa femme et de se
ménager un tête-à-tête ; mais cette occasion ne se
présentait pas, car chaque nouvel invité, frappé de
la beauté d'Ursule et de Marie, et profitant de la liberté de la campagne, se trouvait adroitement sur
le passage des deux femmes et se mettait en frais
d'invention pour échanger avec elles quelques paroles banales sur la chaleur du jour, la fraîcheur des
arbres, la merveilleuse beauté du jardin.

Une idée frappa subitement Urbain.

Profitant de la minute où sa femme causait avec
des inconnus, il courut à la salle à manger pour voir
dans quel ordre les convives étaient placés. A peine

avait-il lu cinq ou six petits papiers, où se trouvaient
les noms des convives, qu'il vit le nom de Mme Urbain à côté du nom d'Herman. — Tartuffe, se dit-
il, a des intelligences dans la place. Cette petite
chose a une grande signification !

Urbain crut alors faire un coup de maître : il sub-
stitua le nom du comte Edgar au nom d'Herman, et
plaça Tartuffe à côté de lui.

Cette belle idée dont il s'applaudit beaucoup, lui
en suggéra une autre. Tartuffe, pensa-t-il, aime la
bonne chère et les vins exquis ; je le pousserai fine-
ment au chambertin et au champagne, et il est
homme à se trahir par un mot ; *vinum garrulum*,
comme disent les jésuites.

On se mit à table à six heures, dans une salle
meublée à l'indienne, avec des lataniers, des néfliers
du Japon et des magnolias. Six femmes et dix-huit
hommes formaient le personnel des convives. Edgar
réprima un mouvement de surprise en voyant son
nom placé à côté du nom d'Ursule, et, dominé par
le doute de la méfiance, il se promit bien de ne pas
se laisser surprendre dans une attitude irrégulière.
Il se composa tout de suite un maintien convenable,
aussi éloigné de la gravité bourgeoise que de la légèreté aristocratique. Il fut poli sans ostentation, ré-
servé dans une juste mesure, galant sans équivoque

ambitieuse ; s'acquittant de ses devoirs de voisin, de causeur, d'échanson avec la grâce habituelle de l'homme du monde, et ne baissant jamais la voix avec une précaution imprudente, de peur de laisser soupçonner une confidence, un propos hardi ou une déclaration. Cette tactique lui était utile à deux fins : elle éloignait tous les soupçons d'un mari ombrageux ou d'un voisin délateur, et elle le plaçait en haute estime dans l'esprit d'Ursule. Sur ce dernier point, la réussite fut complète. Ursule conçut la plus haute idée du noble caractère d'Edgar et de son exquise délicatesse. La femme ingénue n'aurait jamais deviné, sous des apparences si naturelles, toutes les perfides combinaisons d'un séducteur, tous les calculs longuement médités par le Machiavel de la passion.

L'entretien du comte et d'Ursule roula sur les banalités ordinaires qui sont le quatrième service de tout grand dîner ; seulement, Edgar en releva vers la fin la monotonie, en expliquant les procédés dont la science florale se sert pour entretenir le luxe végétal du tropique entre quatre murs couverts.

— Si jamais vous allez à Anvers, dit Ursule, vous irez, j'espère, visiter notre maison du faubourg rural, du côté de la citadelle. On peut dire que toute la maison est une serre Les belles plantes montent l'escalier et vous accompagnent partout. Rien n'est comparable au génie des horticulteurs et des bota- nistes anversois ; ils font des merveilles dont on ne se doute pas à Paris. Exceptons toutefois M. Léclan- cher, qui est le premier amateur fleuriste du monde, et qui apporterait Valparaiso ou Ceylan au lac d'En- ghien, si la richesse consentait à payer les frais de transport. Mais à Paris les millionnaires sont éco- nomes dans leurs plaisirs ; ils ne sont prodigues qu'envers leurs héritiers.

Cela fut dit avec une grâce exquise et une voix de sirène. Le dîner finissait au bruit d'une conver- sation formée de douze dialogues. Les vins trop multipliés échauffaient les têtes. Urbain lui-même, peu habitué aux libations, avait compromis la sa- gesse de son cerveau, à force de provoquer son voisin Tartuffe ; mais il avait lieu de s'applaudir de sa ruse, car Herman, dont le langage s'était soutenu sur le ton mystique, depuis un *benedicite* clandes- tin, arrivait sur une pente mondaine, et semblait devoir bientôt se trahir lui-même, et, dans un accès de folie et d'ivresse, prendre pour confident de ses amours le mari même de la femme adorée.

— *Il veut m'assassiner avec un fer sacré !* pen- sait Urbain. Eh bien ! je le démasquerai avant le coup de poignard et avant la scène de la table, parce que je ne veux pas abandonner la faiblesse d'une femme aux ruses infernales de la tentation.

Trois coups retentirent sur la table, comme le triple avertissement d'un régisseur de théâtre, et le maître de la maison se levant, dit d'une voix forte qui domina le tumulte :

— Messieurs, notre convive M Bergamin, membre du Caveau, demande la parole.

— Remarquez, dit Edgar à Ursule, qu'il n'a pas dit *mesdames*. C'est une invitation polie et anglaise adressée aux femmes.

— J'ai compris, dit Ursule.

Elle fit un signe à Mme Vertbois, qui se leva aussi. Les autres femmes firent de même, et le beau sexe de la table s'éclipsa furtivement. Elles connaissaient toutes, d'ailleurs, les mœurs du vieux chansonnier.

— Messieurs, dit Bergamin en élevant un verre de champagne à hauteur de lèvres, il n'y a pas de bons repas sans gais refrains ; on sable mieux le champagne en chantant. La sagesse de nos pères nous crie :

> Remplis ton verre vide
> Vide ton verre plein ;
> Ne laisse jamais dans ta main
> Ton verre ni vide, ni plein.

Je sable et je remplis ; imitez-moi !

— Bravo ! bravo ! crièrent les convives.

On entendit retentir sur toute la ligne l'artillerie des arsenaux champenois.

— Messieurs, reprit Bergamin, la chanson que je vais vous chanter est divisée en couplets de quatre vers. Écoutez bien ceci : après chaque couplet, vous frapperez tous en cadence votre verre avec votre couteau. L'effet est superbe. Au signal de ma main, vous vous arrêterez brusquement. Est-ce compris ?

— Oui, oui, crièrent les convives, en s'armant de couteaux.

Herman se leva, comme dégrisé par le scandale, et dit :

— Sortons d'ici en secouant la poussière de nos souliers.

— Oh ! vous ne sortirez pas ! lui cria Urbain en le retenant par le pan de son habit ; vous ne sortirez pas !

Il y eût un moment de lutte, mais Herman, invité à s'asseoir par l'amphitryon, eut l'air de se résigner par ordre supérieur, et dit à Urbain :

— Que le scandale de ce jour retombe sur votre tête et sur celle de vos enfants jusqu'à la septième génération.

— Tout ce que vous voudrez, dit Urbain, mais vous ne sortirez pas.

— Vous savez le saint anathème formulé ainsi : *Malheur à celui par qui le scandale vient!*

— Silence ! monsieur l'abbé, cria une voix.

— Commencez, Anacréon, crièrent tous les convives.

Le vieillard du Caveau fit une invocation à Momus, et donna le titre de sa chanson :

— *La chanson du Célibataire.*

> Qu'on en pleure, ou qu'on en rie,
> C'est toujours même chanson;
> Tout homme qui se marie
> Fait le bonheur d'un garçon !

Répétez tous ce gai refrain, et frappez les verres en cadence.

— Oh ! monsieur Urbain ! s'écria Herman, le feu du ciel va nous dévorer comme Coré, Dathan et Abiron !

— Voulez-vous donc rester? cria Urbain au milieu du vacarme, en incrustant Herman sur sa chaise.

Et le rusé mari ajouta tout bas :

— Se trahit-il! se trahit-il! Je sais bien pourquoi il veut sortir, le pendard !

— Second couplet; cria Bergamin.

> Que voyons-nous dans le monde?
> Ce qu'un mari ne peut voir;
> Brune, rousse, grise ou blonde,
> Toutes avec le cœur noir.

> Que voyons-nous au théâtre?
> Tous les préjugés vaincus.
> Les femmes y sont de plâtre,
> Les hommes y sont *infortunés*.

— Versez partout! cria l'anacréon

> Buvons aux célibataires,
> Qui disent, marions-nous,
> Sans témoins et sans notaires,
> A l'état civil des fous.

> A l'ardente et blonde Hélène,
> Qui buvait du nénuphar,
> A Phèdre de Mytilène,
> A madame Putiphar!

> A Vénus, jeune étourdie,
> Caressant, malgré Vulcain,
> Et le berger d'Arcadie,
> Et le zouave Africain!

> A madame Clitemnestre,
> Qui, sans jamais dire non,
> De janvier à saint Silvestre,
> Oubliait Agamemnon!

A la santé de nos belles,
Puissent-elles chaque jour
Orner de *plantes* nouvelles
Les fronts meublés par l'amour!

Buvons, par reconnaissance
A la santé des maris,
A la santé de la France,
A la santé de Paris !

Des cris frénétiques éclatèrent au dernier refrain,
Quatre vigoureux convives enlevèrent Anacréon sur
sa chaise, et le promenèrent triomphalement autour de la table. Le seul Herman ne se mêla pas au
cortége ; il laissa tomber ses bras sur la table et la
tête sur ses bras, pour ne pas voir cette abomi-
nation de la désolation. Urbain le gardait à vue,
comme eût fait un recor pour un créancier; mais il
accompagnait le cortége, avec le geste et la voix.
Le pauvre mari avait conservé de sa raison tout
juste ce qu'il en fallait pour être encore jaloux.

Bergamin remonta sur son trône et s'écria :

— Messieurs, vous êtes tous des enfants ! nous étions
des hommes, nous, En amour, vous avez le pied
pesant ; nous avions le pied leste, nous ! Vous êtes
les traînards de vos pères. Vous allez en chemin de
fer au Havre, nous allions en chemin de fer à Cy-

thère. Vous ne méritez pas de rencontrer des maris.
Puisse Cupidon vous pardonner !

— Chantez encore, chantez ! crièrent toutes les
voix.

— Versez le champagne à la ronde ! répondit
Anacréon.... le titre de ma chanson est le... le...
le... *mariage*. Je change peut-être quelque chose
dans les deux premières syllabes, parce que nous
vivons dans une époque bégueule ; nous n'étions pas
si délicats de notre temps.... écoutez.

LE... MARIAGE

Bons maris la lune de miel
Dure peu, c'est chose connue,
En vain, vous la cherchez au ciel,
L'ennui, vous tombe de la nue.
Mais quand chez vous tombe un amant
Il bannit la tristesse morne ;
Votre logis devient charmant
Sous le signe du Capricorne.
Oui, c'est un mal qui fait du bien,
C'est la piqûre d'une rose :
Quand on l'apprend, c'est peu de chose,
Quand on l'ignore, ce n'est rien !

—Chorus ! chorus ! cria le jeune vieillard ; chorus pour le gai refrain !

Les convives chantèrent faux le refrain, mais
avec des voix qui brisaient les vitres. Urbain, arrivé au dernier degré de l'ivresse, tenant d'une
main les basques de la *lévite* noire d'Herman, et de
l'autre un verre de champagne, chantait comme un
botaniste. Herman sanglottait faux.

— Second couplet, cria le vieillard :

> Sur tous quand l'astre jaune a lui,
> Tout prend une gaîté nouvelle ;
> On est mieux amusé par lui,
> On est mieux caressé par elle.
> Quel ami vaut jamais l'amant !
> Il fait son bonheur et le nôtre,
> Et peut vous enseigner comment
> On aime la femme d'un autre !
> Oui, c'est un mal qui fait du bien :
> C'est la piqûre d'une rose ;
> Quand on l'apprend, c'est peu de chose,
> Quand on l'ignore ce n'est rien !

> De ce mal le sage se rit,
> Disait un Sage de la Grèce :
> A ce jeu, l'amant seul maigrit,
> Et le mari toujours engraisse.
> Désormais le sort hasardeux
> Affermit vos maisons prospères ;
> Heureux les pères qui sont deux !
> Heureux les enfants de deux pères ?

Oui, c'est un mal qui fait du bien;
C'est la piqûre d'une rose:
Quand on l'apprend, c'est peu de chose,
Quand on l'ignore, ce n'est rien !

Les maris ont fait un succès,
Ce qui rend la chose certaine,
A l'acte qu'on joue aux Français,
La *Coupe* du bon La Fontaine:
C'est là qu'on recueille en passant
La morale qu'il nous enseigne ;
Les maris, hôtel du Croissant,
Sont logés à la même enseigne ;
Oui, c'est un mal qui fait du bien,
C'est la piqûre d'une rose ;
Quand on l'apprend, c'est peu de chose,
Quand on l'ignore ce n'est rien !

Un tonnerre d'applaudissements éclata dans la salle, et fit trembler les arbres sur leurs racines. Des voix crièrent : *l'auteur!* comme au théâtre.

L'Anacréon s'inclina, et dit avec l'organe d'un régisseur :

— Messieurs, la chanson que je viens d'avoir l'honneur de chanter devant vous, est encore de humble serviteur, paroles et musique. Je l'ai composée pour le mariage de mon meilleur ami, le mois dernier.

Urbain, le visage illuminé par le champagne, se leva et dit :

— Messieurs, je propose un toast à notre Anacréon.

— Bravo ! bravo ! crièrent dix voix qui formaient un tonnerre.

— A l'Anacréon moderne! reprit Urbain ; je crois faire acte de bon goût en buvant à la santé du chansonnier, car je fais seul une exception, au milieu de tant d'heureux célibataires. Puisse la Parque inflexible briser son double ciseau, en écoutant notre harmonieux convive ! Puissions-nous, à la fin de ce siècle, nous réunir à cette même table, et faire les mêmes libations à Bacchus, à l'Amour, et à son frère qui porte une tunique jaune-safran, *croceo velatus amictu !* Puisse l'amphitryon de ce banquet fraternel...

Il se retourna et ne vit plus Herman. Tartuffe venait de s'échapper.

Urbain s'interrompit à son troisième *puisse*, et courut comme un fou vers la porte, pour se mettre à la poursuite du perfide fugitif.

— Il se trouve mal ! s'écrièrent les convives.

Et un mouvement unanime d'intérêt les mit à la poursuite d'Urbain, dont l'excellent naturel de mari ralliait toutes les sympathies. Sur la terrasse, les femmes, exilées à l'anglaise, se promenaient comme des ombres élyséennes, dans les ténèbres d'un épais quinconce. Urbain arrêta le redoutable fugitif au moment où il allait aborder Ursule, et les autres convives arrêtèrent Urbain, en lui demandant avec inquiétude des nouvelles de sa santé. Urbain profita du prétexte qui lui était offert, et justifia sa brusque sortie, en disant d'une voix très-émue :

— J'ai éprouvé comme un transport au cerveau; je suis sorti pour respirer; j'avais besoin d'air. Merci de votre intérêt amical. Je me trouve mieux.

Le comte Edgar avait montré le plus d'empressement à se rendre auprès d'Urbain, et le mari d'Ursule lui en sut un gré infini.

— Cher comte, lui dit Urbain, vous êtes un de ces hommes de franchise qui se font estimer à première vue. Je n'ai pas l'honneur de vous connaître depuis longtemps; mais vous aviez déjà toute ma confiance.

— Cher monsieur, — dit Edgar en s'inclinant avec modestie, — je suis heureux de me croire digne de votre amitié.

Urbain prit le jeune comte à l'écart, et lui dit :

— Connaissez-vous M. Herman ?

— Je le connais un peu; je le rencontre chez

notre ami Victor, ici ; mais je ne le fréquente pas.

— Ainsi, mon cher comte, vous n'avez aucun renseignement à me donner sur lui ?

— D'après les ouï-dire, reprit Edgar, je sais qu'il a été professeur dans un des grands colléges de Paris, et qu'il a quitté la carrière de l'instruction publique pour s'adonner à la zoologie. Les frères Tavignon paraissent faire grand cas de M. Herman, comme botaniste. Voilà tout ce que je sais.

— Vous n'êtes donc pas assez lié avec M. Herman pour lui donner un conseil d'ami.

— Oh ! non, reprit Edgar. Il a sur moi, d'ailleurs, l'autorité de l'âge.

— Mais vous avez, vous, cher comte, l'autorité du rang.

— Mais quelle serait la nature de ce conseil ? demanda ingénument Edgar.

— Voici, mon cher comte... c'est fort délicat... mais avec votre esprit, on se tire d'affaire toujours... Je ne suis pas, moi, un de ces maris de comédie, un de ces Orgons imbéciles qui ont la main ouverte et l'œil fermé. Je vois ce qui se passe autour de moi, et j'y vois clair.

— Oui, j'aurais deviné cela, dit le comte. Vous avez la pointe de la pénétration dans le regard.

— Sans trop me flatter, je le crois, reprit Urbain ;
Je me suis donc aperçu, depuis le premier dimanche
d'avril, que M. Herman était... tranchons le mot...
était amoureux de ma femme...

Edgar bondit, recula et leva les mains vers le
ciel.

— Oui, monsieur, reprit Urbain. Écoutez bien
ceci, mon cher comte...

— Ces indignités me révoltent toujours, interrompit Edgar.

— Vous avez le cœur noble comme le nom, vous,
cher comte, et vous savez vous indigner au milieu
d'un monde corrompu qui ne s'indigne de rien... Je
vous ai observé pendant tout le dîner... Ah ! vous
ne vous en doutiez pas !... J'observe à mon insu...
C'est une fonction d'esprit naturelle chez moi...
Eh bien ! vous ne sauriez dire à quel point vous
vous êtes acquis mon estime , ce soir... Vous avez
été, à table, d'une convenance parfaite auprès de
ma femme... On n'est pas plus gentilhomme en
haut lieu.

— Je ne sais vraiment quel remercîment vous
faire, monsieur, pour votre bienveillance, dit Edgar
d'un ton pénétré.

— Le cœur s'épanche après le dessert, reprit
Urbain ; c'est le bon côté de l'intempérance. Ce

4.

soir, je me suis oublié à table ; j'ai agi contre mes habitudes, moi si sobre toujours. Je n'en ai nul regret, parce je, dans mon état normal, je n'aurais jamais eu le courage de vous tenir ces propos.

— Mais ces propos vous honorent, dit Edgar, et je ne m'aperçois pas que vous ayez abusé des libations.

— Le grand air m'a remis tout à fait, reprit Urbain ; je me trouve plus calme... et, pour revenir à mon sujet, je vous demanderai un service...

— A moi ? tout prêt à vous le rendre.

— Prenez à l'écart ce M. Herman, et parlez-lui comme si je ne vous avais fait aucune confidence. Donnez-lui de bons conseils, comme si l'initiative venait de vous. Dites-lui qu'il s'expose à un esclandre, et que sa conduite est vraiment scandaleuse en public. Pour tout au monde, je ne voudrais pas jeter le trouble dans cette maison si hospitalière ; mais, quoique d'un naturel très-doux, je sens que la colère peut m'emporter un jour, et faire d'un agneau un tigre.

Edgar contint un éclat de rire provoqué par cette fanfaronade de botaniste, et, serrant la main d'Urbain, il lui promit de s'occuper de cette honorable commission.

— Sans plus tarder, dit-il, je profite du désordre

bruyant qui règne chez nos convives, et je vais aborder franchement la question avec M. Herman.

— Si Orgon, dit Urbain, avait pris cette précaution, en ayant pour intermédiaire un ami tel que vous, il n'aurait pas vu tomber chez lui la désolation.

— C'est penser fort juste, remarqua Edgar; le théâtre nous éclaire; c'est une école de bonnes leçons.

La voûte des arbres donnait à la terrasse une ombre si ténébreuse, qu'il était presque impossible de distinguer une figure à deux pas. Edgar trouva enfin Herman, et si Urbain eût entendu leur conversation, il aurait été foudroyé sans tonnerre.

— Très-bien! très-bien! dit Edgar au faux Tartuffe; tu joues ton rôle comme Geffroy. Tu es admirable; je t'ai promis ma reconnaissance, tu seras content de moi.

— N'importe! dit Herman; c'est un métier difficile. Depuis un mois, je joue ce rôle partout, selon nos conventions, et je n'ai pas d'entr'acte. Au Théâtre-Français, le comédien n'arrive qu'au troisième acte, et, dans la coulisse, il prend du tabac, parle de la rente, cause en riant avec les actrices; moi, je n'ai pas un instant pour me reposer. Si je

me promène sur le boulevard, si j'entre dans un café,
tu m'as condamné à garder mon air béat, mon regard mystique, ma démarche de sacristain...

— Parbleu ! interrompit Edgar, quand on prend
des précautions, il faut s'élever jusqu'au luxe. Tout
serait perdu, si Urbain te rencontrait sur le boulevard, marchant comme un dandy, fredonnant une
ariette, et souriant à ces dames. Aimerais-tu mieux
aller à Clichy ; j'ai payé tes différences de Bourse,
je payerai tes autres dettes. Que veux-tu de plus ?

— Je veux voir la fin de la comédie, et passer au
vestiaire pour reprendre mon paletot, dit Herman.

— Ce ne sera pas long, reprit Edgar ; je suis
très-avancé ; demain je serai reçu chez Ursule par
son mari. Ce soir, je me ménagerai avec la belle
brune un entretien décisif. J'ai préparé des phrases
romanesques sur la nuit, les étoiles, le lac, les
fleurs, l'amour, et je vais les débiter à l'oreille d'Ursule, avec l'organe d'un ténor qui parle bas.

— C'est égal, dit Herman, voilà un caprice qui
t'a déjà coûté un bon mois de travail !

— Quoi d'étonnant ! mon ami, je ne travaille que
le dimanche, et encore toujours en présence du
mari.

— Voyons, reprit Herman ; qu'ai-je encore à faire
ce soir ?

— Rien.

— J'aime mieux cela.

— Pars tout de suite, esquive-toi à la française, sans adieu ; moi, je reste. Ou je me trompe fort, ou la fin de la soirée sera chaude. Va m'attendre chez Capriola. Nous prendrons le thé à minuit. La petite Corinne doit venir ; jouez au bésigue en m'attendant. J'aurai du neuf à te conter.

Le comte Edgar vint rejoindre Urbain qui lui demanda brusquement :

— Eh bien ! qu'a dit le Tartuffe ?

— Ah ! répondit Edgar, l'explication a été rude. C'est un raisonneur bien adroit...

— Un Escobar, interrompit Urbain.

— Oui, un Escobar, mais un Escobar de 1855, rompu aux luttes du journalisme ; il a été candidat à la députation.

— Vraiment ! mais, enfin, qu'a-t-il dit sur le... la ?...

— Monsieur, m'a-t-il dit, reprit Edgar en imitant le ton doucereux ; monsieur, je ne reconnais à personne le droit d'investigation sur ma conduite. Le ciel m'est témoin que toutes les intentions de ma vie sont pures ; cela me suffit. Je ne regarde jamais une femme en face, de peur de donner du scandale au prochain, parce que l'apôtre saint Paul dans son *Épître aux Corinthiens*, a dit : *Quiconque regarde une femme en face, a déjà commis l'adultère dans son cœur : Jam mœchabitur in corde suo.*

— *Comme du ciel le traître insolemment se joue ?* s'écria Urbain... Après, cher comte ?

— Nous avons engagé alors une longue discussion sur les convenances sociales. Je l'ai battu à plate couture, et ne sachant plus que répondre, il m'a dit : « Je respecte l'hospitalité de cette maison, et pour ne pas envenimer davantage une polémique irritante qui pourrait devenir scandaleuse et avoir des suites terribles sur un terrain ami, je me retire, et je pars. Que Dieu vous garde des embûches de la nuit, et que votre bon ange veille sur vous et empêche votre pied de heurter les pierres du chemin ! *Ne forte offendas ad lapidem pedem tuum.* » Puis il m'a lancé un regard de menace, et il est parti pour Enghien d'un pas précipité.

— Parti pour Enghien ! dit Urbain ; merci, merci, généreux comte, ami dévoué ! Disposez de moi dans l'occasion ; je suis à votre service, ne me ménagez pas.

— Cher monsieur, dit Edgar en posant la main sur son cœur, on trouve là sa récompense, après une bonne action.

— Nous avons tous besoin de faire un peu d'exer-

cice, après ce festin de Balthasar, dit Urbain, ivre
de champagne et de joie; je vous emmène tous :
allons prendre des glaces au chalet, chez moi...
Ah ! il vous a lancé un regard de menace ! je reconnais bien là mon tartuffe ! il allait probablement
vous dire le fameux *c'est à vous de sortir !* mais
il n'a pas osé... N'y pensons plus et allons finir
gaiement la journée à mon chalet d'Enghien.

V

Sous les arbres du lac

Elle est charmante en été, aux étoiles, la route qui côtoie le lac depuis Saint-Gratien jusqu'à Enghien. Les grands arbres y abondent, et selon les accidents du terrain, on marche sous des voûtes sombres, ou dans des éclaircies lumineuses. La société de Victor Tavignon, ayant Bergamin en tête, suivait ce chemin de gazon, en épuisant tous les gais refrains de la société du Caveau.

Urbain donnait le bras à Mme Marie Vertbois, et il avait été enchanté de voir le comte s'offrir respectueusement pour accompagner Ursule. Le bruyant concert des gais flonflons couvrait les voix qui parlaient bas.

En continuant une conversation dont le début avait été insignifiant, le comte Edgar était arrivé par gradations bien ménagées à cette phrase significative :

— Oui, madame, j'ai la fortune, la jeunesse, un nom, trois belles choses, sans doute, eh bien ! je n'ai jamais connu le bonheur ; seulement, ce soir, j'épèle la première lettre de son nom.

— Ah'! vous êtes peu avancé dans vos. études ! dit Ursule.

A chaque phrase trop sérieuse d'Edgar, la jeune femme répondait avec une sorte de légèreté railleuse, ou un éclat de rire enfantin. Cette tactique ne trompait pas le comte ; il comprenait qu'Ursule l'écoutait avec plaisir, et que cette promenade nocturne lui était infiniment agréable. La joie intime de Mme Urbain se trahissait même dans son organe faussement railleur, et, lorsqu'une éclaircie d'arbres laissait brusquement tomber un rayon de lune sur la figure d'Ursule, Edgar voyait éclater cette allégresse intérieure, qui n'avait pu subitement s'éteindre sur les lèvres et dans les yeux. En ces occasions scabreuses, la femme a deux partis à prendre : se révolter par une parole brève contre les préludes d'une déclaration, ou se complaire, en riant, dans un entretien, qui est la préface d'un drame criminel. Le comte Edgar se voyait donc encouragé.

— Oui, madame, reprit-il; le bonheur est ici, pour moi ; mais c'est un fugitif que je ne puis retenir; je sens qu'il m'échappe à chaque pas. Je regrette l'arbre laissé derrière moi, et je ne puis m'arrêter sous l'arbre que va effleurer votre robe. Il faut marcher ; il faut aller à ma solitude, à mon désert, à Paris, au néant. Dans une heure, je ne vous verrai plus, et dans ce beau jour, le soleil aura disparu deux fois.

Ursule baissait la tête, et regardait les pointes de ses petits pieds qui paraissaient et disparaissaient sur le gazon du chemin.

— Ce que je lui dis là, pensait Edgar, est un peu recherché, mais si je me jette dans le langage trop naturel, je ne réussis pas; elle ne me prendra jamais pour un Arthur de roman.

— Demain, reprit-il, je me souviendrai de ce beau soir, comme d'un beau rêve. Demain, je reviendrai ici, sous ces arbres, devant ce lac, et seul, le grand soleil éclairera ce paysage; ces arbres auront la lumière à leur cime, et l'ombre à leurs pieds. Je verrai ces gazons courbés par la frange de votre robe; ce paysage que vous avez admiré; ce lac honoré de vos regards, et vous ne serez plus là, vous ! et cette

adorable nature sera morte, ce soleil sera pâle, ces
arbres seront funèbres, comme les ifs du tombeau.
Je passerai la lèvre en flamme, dans ce sillon d'air
que votre souffle embaume à présent, et je me donnerai une sorte de consolation en respirant ici quelque chose de vous-même, ces divines émanations de
la beauté que l'amour seul peut retrouver encore le
lendemain, comme le parfum qui reste quand la
fleur a disparu.

La mélodie qui accompagnait ces paroles était
douce à l'oreille, comme un zuzurre de violoncelle.
Musique et poëme allaient droit au cœur de cette
femme qui n'avait jamais entendu que les phrases
vulgaires d'un mari botaniste et bourgeois. Edgar
sentait palpiter sur son bras la pointe marmoréenne
du sein d'Ursule, et par gradations rapides, son caprice de gentilhomme oisif s'élevait à la hauteur
d'une passion véritable; il était dupe de lui-même;
et en commençant par la comédie de l'amour, il arrivait à son insu, au drame de la passion. Il est dangereux de jouer à la femme, dans une belle nuit
d'été, entre la voûte des arbres, et le tapis des gazons; les sens ont bientôt des ardeurs inexorables;
le désir donne le change et fait croire à l'amour, et
tout ce qu'on avait apporté d'idées legères à ce tête-
à-tête badin, s'efface de la mémoire; on croit être

amoureux depuis cinq ans d'une femme à peine
connue, et tous les ravissants souvenirs qu'on lui
consacrera dans la vie semblent être déjà les longues
émotions du passé.

Ursule avait d'ailleurs une de ces beautés sen-
suelles qui peuvent faire naître une passion dans un
premier tête-à-tête. En ce moment, elle était adorable, et tout homme né pour la femme se serait
facilement improvisé une passion après le caprice,
en voyant resplendir dans les clartés mystérieuses
du soir cette forme suave, qui marchait sans bruit,
comme une vision d'amour, avec des ondulations
rhythmées, comme une mélodie vivante, écoutée par
le regard. Les lueurs intermittentes, tombées du
ciel, mettaient à découvert, et l'une après l'autre,
toutes ses grâces, avec une intelligente complaisance
de détails : l'exquise pureté du front, le savoureux
incarnat des joues, les cheveux noirs aux reflets de
pourpre, l'ivoire fluide du cou, les lignes rondes
du sein, l'élégance de la taille, toutes les parties de
cet harmonieux ensemble qui embrase et éteint le
regard de l'homme, et fait d'une belle femme la
seule merveille utile de la création après le soleil.

Sous l'influence spontanée d'une jeune passion,
ancienne déjà, le comte Edgar se sentit tout à coup
dévoré par un feu qui brûle toujours avec l'autre,

par la jalousie. Il y eut un moment où une large
brèche des arbres laissa tomber sur le chemin les
rayons de la lune et les reflets du lac, et cette fois,
tout illuminée par le ciel, Ursule se révéla dans la
complète distinction de sa beauté. A quelques pas
devant elle cheminait lourdement un petit homme à
tournure vulgaire, un honnête bourgeois, un oisif de
la richesse, un pauvre de l'esprit, un ignorant de la
science, excellente créature au fond, irréprochable
dans ses mœurs et sa conduite, incapable de commettre de mauvaises actions et ne se doutant pas
des bonnes ; un être humain difficile à classer en
zoologie, et dont l'espèce est pourtant assez répandue
dans l'univers.

Cette définition d'Urbain fut *pensée* en ce moment
par le comte Edgar ; il la trouva fort juste, et l'irritation de la jalousie acheva de bouleverser son
cerveau, à l'idée que ce petit bourgeois était le
souverain absolu de cette femme ; qu'un ordre de
lui faisait dérouler ses cheveux, tomber ses voiles,
dénouer sa ceinture, et qu'il pouvait, lui, se convier
chaque jour à ce festin de volupté divine, aux ex-
tases de ce paradis de chair rose, à ces ineffables
ravissements que la femme confie à la discrète
pudeur des nuits !

— Oh ! s'écria-t-il en lui-même, sous prétexte de

mariage, la justice du bonheur ne sera pas violée
plus longtemps! ma part à moi! ma part de lion
affamé; ma part à moi, jeune, beau, noble, charmant. Le parasite est le mari; je suis, moi, le légi-
time convié de l'amour. Le vieil Anacréon de notre
dîner, le chansonnier du mariage a raison : son
code seul fait loi !

— Madame, dit-il, vous avez daigné m'écouter
sans m'interrompre; c'est tout ce que j'attendais de
favorable après la hardiesse d'un premier aveu.
Votre silence a encouragé ma parole, et si je ne
vous ai pas offensée, j'oserai croire que vous me
ferez un jour la réponse qui donne l'espoir.

— On vous écoute toujours avec plaisir, monsieur
le comte, dit Ursule avec une voix qui luttait contre
l'émotion; mais on vous écoute comme un artiste
qui chante l'air de son rôle et le chante pour toutes
les oreilles. Cet air ne sort pas de son cœur, il sort
de sa mémoire. Quand un artiste chante en me regardant : *Pour tant d'amour ne soyez pas ingrate,*
je ne m'offense pas; je l'applaudis même, s'il fait
son métier avec talent. Ainsi, monsieur le comte,
non-seulement je ne m'offense pas, mais je vous
applaudis. Êtes-vous satisfait ?

— Eh bien! madame, dit Edgar avec l'accent
passionné de la vérité, votre réponse est charmante,

mais elle n'est pas celle que j'attendais. J'aimais mieux votre silence. Je veux la réponse qui tue ou fait vivre. Une passion au désespoir ne se contente pas de l'incertitude; c'est une accusée qui demande à son juge un arrêt décisif. Madame, je veux vous offenser comme on offense une femme; veuillez bien m'écouter jusqu'au bout, pour mesurer l'immensité de mes torts et la gravité de l'outrage. Je vous aime. Une offense ne doit avoir que ces trois mots.

Il y eut un moment de silence. On entendait toujours les gais refrains de la petite caravane de Saint-Gratien, concert bachique accompagné par les roulades du chemin de fer du Nord. La voix d'Urbain se distinguait à son timbre faux et félé.

— Monsieur le comte, dit Ursule après réflexion, votre offense me met dans un singulier embarras. Si vous étiez chez moi, dans mon salon, je pourrais vous désigner la porte ; si j'étais dans le salon d'autrui, je pourrais me lever et m'asseoir à une autre place; mais ici, en rase campagne, il m'est impossible de quitter votre bras pour rejoindre mon mari, ce serait un esclandre public.

— Eh bien! madame, reprit Edgar, j'accepte tout le péril, tout l'odieux, tout le ridicule de l'esclandre. Rejoignez votre mari. Au nom du ciel, je demande

une seule fois un arrêt décisif. Cette vie est intolérable pour moi. Vivre sans vous, c'est mourir à
toute heure. J'aimerais mieux mourir une seule fois,
et tout de suite, au commencement de cette horrible
nuit qui va vous livrer à cet homme...

— Mais cet homme est mon mari, interrompit
Ursule. De quel ton de mépris avez-vous prononcé
ce dernier mot! une offense ne vous suffisait donc
pas?

— Non, madame, je m'obstine dans l'outrage,
et mon excuse est dans la plus inexorable des passions qui aient dévoré le cœur d'un homme. Haine,
jalousie, amour, délire, tout éclate à la fois dans
mon front, et me ravale au-dessous de la brute, ou
m'élève au-dessus de l'homme, à votre choix, divine maîtresse de mon avenir. Vous n'avez jamais
été aimée, madame, vous qui méritez l'amour des
anges. Celui qui vous a donné son nom ne vous a
donné que cela. Beau présent de noces! Et en
échange vous lui avez donné, vous, votre premier
baiser de vierge, votre pudeur, votre beauté, votre
grâce, tout ce que l'or du Mexique ne payerait pas,
tout ce qui épuisa le pouvoir de Dieu, lorsqu'il voulut dépasser la perfection! Regardez-le, regardez-le
ce propriétaire du diamant sans prix nommé Ursule; regardez-le secouer son ivresse, comme un

comparse de guinguette! Donne-t-il une pensée à
son adorable femme? Non; il est suspendu au bras
de la femme d'un autre, et il mugit le refrain d'une
stupide chanson! Mais ce soir! oh! ce soir, quand
les fumées du vin seront dissipées, il demandera la
récompense d'un jour si bien rempli; et vous, madame, vous aurez pour lui ces sourires d'alcôve,
qui peuvent diviniser un homme, et qui sont perdus pour celui-ci! Lui, s'endormira dans sa joie
stupide, moi, j'aurai un lendemain sans réveil, car
l'insomnie aura brûlé ma veille; mais je ne subirai
pas deux horribles nuits comme celle qui se pré-
pare, je le jure devant les saintes étoiles de Dieu!
A vingt-cinq ans je suis un vieillard à l'agonie, un
condamné qui se donne à lui-même le sursis d'un
jour, après vous avoir offensé. Ce crime n'a point de
pardon.

Edgar s'exprimait ainsi avec une ardeur fou-
gueuse, qui ne provoquait aucun doute sur sa conviction; il parlait à l'oreille d'Ursule, comme un
démon tentateur, et la jeune femme, toute bouleversée par ce langage inattendu, en appelait à la
conscience de son devoir, pour lutter contre le péril. Elle hâtait le pas, comme emportée par l'ouragan de passion qui soufflait d'une lèvre humaine, et
voulait atteindre au plus vite les premières maisons,

5.

dont les vitres scintillaient aux lumières, à travers
le feuillage des derniers arbres du lac.

Le cœur d'Ursule battait si violemment que ses
pulsations étaient ressenties par le bras d'Edgar.
Cette réponse muette avait un sens équivoque. Ce
cœur était-il agité par l'indignation causée par une
offense nouvelle, ou par la douce émotion causée
par le charme d'une parole amie; c'est ce que
le jeune comte ne pouvait résoudre. Edgar n'était
pas assez maître de sa pensée pour éclaircir ses
doutes. Il avait perdu le calme et le sang-froid du
séducteur de profession; il subissait le délire de
l'amoureux. Un mot sévère de la bouche d'Ursule
aurait fait tomber, à genoux et le front dans la poussière ce Don Juan converti.

Ce mot ne fut pas prononcé.

La société ambulante arrivait dans la foule des
voyageurs de Franconville et des habitués d'Enghien. Les chansons cessèrent : Bergamin seul fre-
donnait encore quelques flonflons, comme la locomotive lance en sourdine son dernier flocon de fumée
en arrivant à la gare. On entrait au chalet d'Urbain.

— Eh bien ! cher comte, dit Urbain en abordant
Edgar ; vous vous êtes toujours tenus en arrière,
vous autres; c'est que ma femme n'est pas habi-
tuée à la marche.

— Mais, dit Edgar, vous n'avez jamais daigné tourner la tête pour nous regarder. Nous étions sur vos talons. Nous avons même fait chorus avec vous.

— Ah! dit Urbain en se frottant les mains, il faut convenir que la journée a été fort gaie! Demain, nous redeviendrons graves; moi, je ne me connais plus ce soir. J'ai fait mille extravagances. Il est vrai que le champagne de Victor est dangereux de bonté... Ah! j'oubliais, cher comte... L'employé vient de me faire son rapport...

— Ah! l'employé vous a fait... dit Edgar, sans savoir ce que cela signifiait.

— J'ai ma police secrète, moi, reprit Urbain à voix basse.

— Ah! vous avez... Ah! votre... balbutia Edgar avec émotion.

— Oui, j'ai ma police, et je la paye bien; aussi je sais tout, et je n'ignore rien de ce qui se passe autour de moi, de ce qui m'intéresse dans mon bonheur domestique... Vous allez en juger... A peine arrivé, j'ai appris qu'il était parti par le dernier convoi... Hein! que dites-vous de la promptitude de ce renseignement?

— C'est merveilleux! répondit le comte, au hasard.

— Ma police a même ajouté que sa physionomie était toute bouleversée, et que l'employé a couru après lui pour lui rendre la monnaie d'une pièce de cinq francs...

— Ah! vous parlez....

— De notre tartufe... De qui diable voulez-vous que je parle?...

— Oui, oui... M... Hart... Hirt...

— Herman... interrompit Urbain, pour aider la mémoire d'Edgar.

— Ah! il est parti... avec une physionomie...

— Toute bouleversée, continua Urbain... Si je n'avais pas eu l'œil ouvert sur ce drôle, il s'introduisait chez moi, avec quelque Laurent, faux comme un jeton; il faisait la cour à ma femme; il me volait ma cassette, et il me chassait peut-être de mon hôtel... Comte Edgar, cet homme est capable de tout, croyez-le bien... méfions-nous de lui, à la Société de botanique; il y mettra le désordre... Regardez-le, dans les moments où il médite un crime, sans doute; sa figure est sinistre :

Il a le regard fauve, et l'aspect loup-garou,
c'est un dangereux coquin.

A ce moment, on entendit retentir la voix de Bergamin dans le salon, où on servait le thé.

— Oh! ceci est trop fort! dit Urbain; assez de

chansons bachiques pour aujourd'hui. Pas de gais
refrains chez moi; je vais l'arrêter au premier couplet... Vous n'entrez pas, cher comte?

— Dans l'instant... j'ai besoin de respirer un
peu...

— A votre liberté, cher comte... Oh! plus de
gais refrains chez moi... Que dirait mon voisin, qui
est conseiller d'État!

Urbain entra au salon.

Edgar se mit à rôder devant les vitres pour voir
Ursule sans être vu, et en bien examinant les lignes
de son visage, établir des calculs de probabilité sur
les pensées intimes qui agitaient la jeune femme,
après un soir si orageux.

Ursule était assise à côté de Marie, et s'occupait
de la distribution des tasses de thé, avec un calme
admirable. Les lignes de son visage n'exprimaient
que la crainte de mettre trop ou trop peu de crème
dans la tasse, au gré des consommateurs. Elle répondait par un gracieux sourire à chaque remer-
ciment, et faisait les honneurs de son salon avec la
distinction d'une duchesse.

Les hommes restent toujours confondus d'éton-
nement devant cette diplomatie des femmes; ils n'y
comprennent rien, parce que, dans une occasion
identique, un homme, fût-il un Metternich amou-

reux, ou un Talleyrand passionné, aurait une mine soucieuse, casserait une tasse, mettrait du thé sur la crème, de la crème dans le sucrier, et ferait penser à tous les témoins de ces distractions délatrices qu'il vient de commettre un crime, ou qu'il en médite un pour le lendemain.

— Comment! s'écriait en lui-même Edgar en frottant du doigt les vitres ternies; comment! je viens de la menacer clairement d'un suicide; il y a un lac profond au bout de l'allée; elle ne me voit pas dans le salon; le désespoir peut donc m'avoir précipité dans le lac, et elle ne commet pas une goutte de crème, ou un morceau de sucre de trop, dans une tasse! Elle n'a pas oublié de sourire une seule fois aux plus laids de ces hommes! il n'y a pas trace d'agitation aux bout de ses jolis doigts quand ils effleurent la porcelaine! c'est, pour moi, de l'hébreu en action!

Il entendit prononcer à haute voix son nom. Urbain appelait son cher comte, et demandait pour lui une tasse de thé à Ursule.

— Entrons! se dit Edgar.

Et se composant un maintien de salon, il entra d'un pied ferme, mais la pâleur de son visage démentait la fermeté de son pas.

— Vous voyez bien qu'il n'est pas parti M. le

comte, dit Urbain; un gentilhomme comme lui partir sans nous dire adieu !... Cher comte, madame vous offre une tasse de thé.

— Ah !... excusez-moi, madame, dit Edgar en prenant la tasse offerte; j'écoutais votre mari.

— Vous ne trouverez peut-être pas le thé assez doux, monsieur le comte, dit Ursule en promenant ses doigts à droite et à gauche sur l'attirail du service.

— Il est parfait ! madame, dit le comte.

— Comme tout ce qui vient de la main des Grâces, ajouta Bergamin.

— Il est inépuisable, cet Anacréon, dit Urbain en donnant un léger coup sur l'épaule du jeune vieillard.

— Aussi avez-vous bu à sa santé, monsieur mon mari, dit Ursule sur le ton d'une légère ironie.

— Tiens ! comment sais-tu cela ? demanda Urbain.

— Je le sais, parce que je l'ai entendu, répondit Ursule ; vous avez beau faire les garçons à huis clos, messieurs les maris, vos voix percent les cloisons et arrivent aux oreilles.

— Mais tu n'as entendu que mon toast ? demanda Urbain un peu effrayé.

— Ceci est mon secret, répondit Ursule en se servant du thé.

— As-tu entendu les chansons ? reprit Urbain.

— Je vous répondrai plus tard, monsieur.

Ces mots furent accompagnés d'un petit signe de menace fait avec le doigt indicateur, et d'un rapide regard donné au jeune comte.

Edgar interpréta favorablement cette menace, et ce coup d'œil.

Elle veut me faire comprendre, pensa-t-il, qu'elle a contre son mari les griefs du toast et des chansons, et que sa rancune de femme sera longue... J'ai compris.

Une de ces voix qui, aujourd'hui, prononcent despotiquement la clôture de tous les entretiens, retentit dans le salon, et dit ces mots sacramentels : — On sonne à la station pour le dernier convoi.

Ce fut un tumulte général, tout le monde se leva, et toutes les mains se serrèrent. Urbain se rapprocha de sa femme, à la faveur du désordre, et lui tendit la main, en disant :

— Faisons la paix.

Ursule donna un léger coup sur la main de son mari, et lui dit :

— Attendez la fin de la guerre, monsieur le mari qui se fait garçon. Ah ! j'y penserai toute la nuit !

— Voilà une rancune ! dit Urbain, en riant : Cher comte, plaidez un peu pour moi.

— La cloche sonne, dit Ursule ; monsieur le comte, ne commencez pas votre plaidoyer.

Et se tournant vers les invités, qui tous faisaient en masse leurs adieux à la maîtresse de la maison ; elle leur dit :

— Mais, nous vous accompagnons à la station ; n'est-ce pas, Urbain ?

— Oui, dit Urbain, avec nos voisins les Tavignon, et M. Vertbois, qui passera la nuit au chalet. Vite, partons. — Soyez tranquilles, messieurs, vous ne manquerez pas le convoi... Cher comte, le bras à ma femme.

On se mit processionnellement en route ; mais Edgar et Ursule avaient tant de proches voisins que tout entretien mystérieux devenait impossible. Au moment de la séparation, Edgar saisit une minute d'isolement pour dire d'une voix tremblante :

— Adieu, madame, vous ne me verrez plus.

— Oh ! non ! répondit Ursule en riant : je vous verrai dimanche prochain, chez nos voisins, vos amis.

— Et retournerai-je seul à Enghien, le soir ?

— On part ! on part ! en voiture ! criaient trente voix.

— Non, dit Ursule, sur un ton sérieux.

L'extase des élus rayonna sur le visage du comte Edgar.

Enfin, un convoi de wagons emportait un homme heureux !

VI .

La lettre d'un chevalier de Malto

Le lendemain, en rentrant à son hôtel du faubourg Saint-Honoré, Urbain trouva le billet suivant chez son portier :

« Il est des circonstances où l'on se croit autorisé
» à donner le nom d'ami à une connaissance de
» fraîche date ; voici donc, mon cher ami, un fâ-
»cheux incident que je vous annonce, avec tant
» de précaution mystérieuse que je vous supprime
» tout détail. A deux heures précises, nous nous
» rencontrerons, comme par hasard, sur la place
» Beauvau, et là tout vous sera expliqué.
　» Prudence et secret ! ! !
　　» A vous de cœur.
　　　　　　» Comte EDGAR.
　» Lundi matin, 9 heures. »

Les organisations pusillanimes s'émeuvent de la chute d'une feuille. Ce billet donna des frissons convulsifs à Urbain.

Un incident fâcheux! un rendez-vous! prudence et secret! que veut-il dire? pensa Urbain en lisant et relisant cette énigme dont il ne trouvait pas le mot.

Et son cœur battait violemment, comme à l'approche d'un péril de mort, et il désirait et redoutait à la fois l'heure terrible où le mystère devait s'éclaircir.

Ursule n'aimait pas assez son mari pour s'inquiéter de l'air sombre qu'elle remarqua sur son visage; d'ailleurs, depuis la veille, elle était en délicatesse avec lui, à cause du toast et des chansons, et elle se promettait bien de faire durer le plus longtemps possible cette rancune vengeresse. Hélas! les brûlantes paroles d'Edgar portaient déjà leurs fruits!

De son côté, Urbain se trouvait à son aise, car en toute autre circonstance, il n'aurait gardé ni prudence, ni secret; une simple question d'Ursule l'aurait emporté sur toutes les recommandations d'Edgar.

A deux heures précises, Urbain se trouvait sur la place Beauvau, où Edgar se promenait d'un air

sombre, depuis longtemps, afin d'être surpris avec
cet air.

— Ah! vous voilà, cher ami, dit Edgar; prenez
mon bras, et allons aux Champs-Élysées; nous
serons mieux pour...

— Mais expliquez-moi tout de suite...

— Non, interrompit Edgar, point d'imprudence...
Vous allez tout savoir...

— Edgar, vous me faites trembler.

— Ah! mon cher Urbain, il faut s'attendre à tout
en ce monde, même quand on est brave comme
nous. Je ne suis pas sur des roses, moi.

Et il exhala un profond soupir.

— Encore un tour du tartuffe? demanda Urbain.

— Vous verrez.

Ils arrivèrent aux Champs-Élysées, et le comte
Edgar tira de son portefeuille une lettre avec la
plus grande précaution.

— Prenez ceci, et lisez, dit-il à Urbain.

La main du mari d'Ursule tremblait en prenant
la lettre ; Edgar, les bras croisés, regardait le
ciel.

Urbain lut :

« *A M. le comte Edgar de Lovènes.*

» Monsieur le comte,

» Mon aïeul, le comte Herman, florissait, au
treizième siècle, en terre palatine; il a suivi le
» saint roi, Louis IX, à la sixième croisade, en
» 1260, et mon ancêtre est mort en odeur de sain-
» teté. Vous voyez que ma noblesse est au moins
» l'égale de la vôtre. Herman *porte d'or à la croix*
» *de gueules,* avec cette devise: *Cruce crescit.* Voir
» d'Hozier.

— Mais que signifie? dit Urbain au comble de la
stupéfaction.

— Lisez toujours, dit Edgar; c'est inouï d'insolence et révoltant de provocation.

Urbain continua sa lecture.

« En 1313, on trouve un comte Herman dans
» l'ordre des templiers; en cette même année, ce
» fut lui qui écrivit sur le terre plain du Pont-Neuf,
» le procès-verbal du supplice du grand-maître
Jacques Molay, voir Monstrelet.

» On trouve des Herman dans les chevaliers de
» Rhodes et de Malte, et dans les ordres religieux
» et militaires, armés de la croix et de l'épée. Le
» dernier grand-maître de l'ordre de Malte, en 1799,

» était un Herman de la maison palatine de Hons-
» pech. Il est mort à Montpellier; c'est mon grand-
» oncle. Au siége de Rhodes par Soliman, la devise
» héraldique de nos armes fut changée. Mon glô-
» rieux ancêtre, digne émule de l'évêque Turpin,
» assomma sur la brèche, avec sa masse d'armes,
» les plus braves des Osmanlis, en disant : *Eccle-*
» *sia abhorret a sanguine.* Le grand maître donna
» cette nouvelle devise aux Herman : *Fortis in*
» *utroque.* Voir les *Chroniques vénitiennes :*

» *Noblesse oblige*, je ne l'oublie pas.

» Monsieur le comte sans devise, vous avez chassé
» hier soir un Herman d'une maison qui n'est pas la
» vôtre; vous avez agi tyranniquement, *regie*, comme
» dit MarcusTullius dans la première catilinaire.Cette
» insolence mérite un châtiment. Vous vous êtes
» trompé sur mes allures timides et mon maintien
» modeste : les apparences trompent, *nulla fronti*
» *fides.* Vous êtes trop jeune pour avoir de l'expé-
» rience : je vous en donnerai.
   » Ne voulant m'exposer à aucune poursuite judi-
» ciaire, je pars pour Bruxelles, et je vous attends
» demain à dix heures du matin, dans les galeries
» Saint-Hubert. Nous nous battrons en terre étran-

» gère, et sans péril du côté des tribunaux. Vous
» aurez votre témoin; mais je puis vous assurer que
» vous ne choisirez pas M. Urbain, car je vous
» soupçonne d'être amoureux de sa femme, et c'est
» pour vous mettre à votre aise à Saint-Gratien que
» vous avez chassé un Herman ! Si l'issue de notre
» combat m'était défavorable, on trouvera sur moi
» une lettre qui instruit M. Urbain à notre endroit.
» Je remplirai ainsi un devoir d'honnête homme en
» mourant. Le ciel m'en saura gré.

» Je ne vous fais pas l'honneur

» de vous saluer,

» HERMAN,

» Chevalier de Malte. »

Urbain prit la main d'Edgar et la serra.

— *Voilà, je vous l'avoue, un homme abominable!...*
dit-il. Et quelle résolution avez-vous prise, cher
ami?

— La seule possible : je me battrai.

— Avec ce misérable?

— C'est moi qui serais le misérable, si je ne me
battais pas.

— En pays étranger?

— Au bout du monde... Ce qui m'inquiète, c'est
le choix du témoin; car s'il y a des explications sur

le terrain, je ne veux pas que le nom d'une femme,
de la plus respectable des femmes, soit prononcé
devant un tiers; d'un autre côté, si vous ne m'ac-
compagnez pas, je donne créance à son infâme
soupçon, et souvenez-vous bien de ce que je vous
dis, vous le verrez à mes pieds, ce drôle. Il ne se
battra pas. Je ne crois pas à ses ancêtres, moi, et
à tous ces faux Herman, de Rhodes, de Malte, de
Jérusalem. C'est un fanfaron qui crie pour épou-
vanter. Bien plus! je parierais mille louis qu'il ne
se trouvera pas au rendez-vous des galeries Saint-
Hubert. Mais je veux qu'un témoin honorable con-
state cette absence d'un lâche insulteur.

— Je vous accompagnerai, mon cher Edgar.

Urbain prononça ces paroles du ton belliqueux
d'un botaniste qui ne croit plus au danger, après
démonstration.

— Merci! merci! — dit Edgar, en jouant l'émotion portée au comble.

— Cher ami, cher frère, ajouta Urbain; mais avec
une émotion véritable.

Edgar mit le doigt indicateur de sa main droite
entre ses lèvres, et le retirant brusquement, il
dit :

— Mais quel prétexte donnerez-vous à votre
femme, pour ce voyage de Bruxelles? voilà!

6

— Le prétexte est trouvé, dit Urbain ; j'ai une maison d'acclimatation, dans un faubourg d'Anvers ; j'ai là toute la Flore d'Yukatan et de Palenqué, en serre chaude.

— Ah ! reprit Edgar, en jouant la surprise ; voilà un prétexte ! vous allez visiter votre jardin ! admirablement trouvé. Vous pouvez même rapporter à Mme Urbain un produit tropical, fraîchement cueilli.

— Parbleu ! c'est bien ce que je fais toujours ; il n'y a qu'une heure de chemin de fer de Bruxelles à Anvers.

— Ceci est providentiel ! dit Edgar ; jamais prétexte d'absence ne fut mieux trouvé. Il n'y aura pas l'ombre de soupçon. C'est que, dans les affaires d'honneur, cher ami, il faut toujours tromper les femmes ; il n'est permis de les tromper que dans ces occasions.

— Très-bien ! dit Urbain, enchanté de cette maxime.

— Allons aux passe-ports, sans perdre un moment, reprit Edgar.

— Il faut que je vous fasse une petite confidence, dit Urbain en riant ; entre frères on peut tout dire... le moment est favorable... je suis en délicatesse avec ma femme, depuis hier soir.

— Bah !

— Oui, cher ami ; nous sommes en divorce mo-
mentané.

— Mais cela ne durera pas ? dit Edgar, avec un
rire faux.

— Oh ! j'espère bien que non.

— A la bonne heure ! un ménage si bien uni !

— Elle en souffre plus que moi, — dit Urbain
d'un ton lamentable ; mais elle a du caractère... elle
me garde rancune du toast... vous savez ?...

— Quel toast ?... demanda Edgar en regardant le
ciel.

— Mon toast à l'Anacréon du célibat.

— Oh ! une plaisanterie de table ! Comment, cher
Urbain, votre femme vous garde rancune pour cette
vétille ?

— Oui, cher Edgar... c'est qu'elle est d'une jalousie !... et la pire des jalousies... la jalousie hypocrite ; celle qui ne s'avoue pas.

— Eh bien ! mon cher Urbain, permettez-moi de
vous le dire ; en cette occasion, vous êtes dans votre
droit et votre justice. Je n'ose dire que votre
femme a tort, mais je soutiens que vous avez
raison.

— Quel conseil me donnez-vous ? demanda Urbain ingénument.

— Mais... dit Edgar, en feignant de réfléchir... le conseil... le conseil... Voici ce que je ferais à votre place...

— Voyons, Edgar...

— Il faut, sans doute, avoir le plus grand respect pour une femme...

— Oui, interrompit Urbain.

— Mais, reprit Edgar, il faut aussi toujours garder sa dignité d'homme.

— Parfait !

— A votre place, Urbain, j'irais chez moi ; j'aborderais ma femme avec une politesse froide, et je lui dirais que mon jardinier d'Anvers... Avez-vous un jardinier ?

— Oui, un jardinier excellent... un futur Chinois du quartier franc d'Hog-Lane, à Canton.

— Bien ! je lui dirais que mon jardinier m'annonce l'arrivée d'un... de... d'une plante rare...

— D'un *yug-tan*...

— D'un *yug-tan*... les mots techniques font toujours bien dans un prétexte... et que votre présence est nécessaire à Anvers, parce que ce... ce...

— *Yug-tan.*

— Ce yug-tan est arrivé avarié, dommage qu'il faut constater sur-le-champ.

— Très-bien!

— Ensuite, reprit Edgar, vous embrassez votre femme sur le front; un baiser paternel; vous lui serrez la main, et vous partez, en annonçant un prompt retour... Je vais vous attendre deux minutes devant votre hôtel... point de bagage, c'est inutile, en été, pour une promenade... A votre retour, votre femme aura reconnu ses torts.

— Le conseil sera ponctuellement suivi, — dit Urbain... Je prends les devants, et à bientôt... Il me manquait un ami pour être heureux, je l'ai trouvé.

— Et moi! moi! dit Edgar, avec émotion; moi qui ai perdu, en bas âge, mon père et ma mère, quelle consolation trouverais-je dans la vie, si l'amitié me manquait!

Edgar essuya deux larmes invisibles, et suivit Urbain qui prenait la direction de son hôtel.

En attendant le retour d'Urbain, Edgar tira de sa poche une autre lettre d'Herman et la relut; elle disait:

« Edgar, j'ai consenti à tout ce que tu as voulu;
» tout ce que tu veux que je fasse, je le ferai; seule-

6.

» ment, j'ai choisi Bruxelles et non le bois de Bou-
» logne. Voici pourquoi : ton obligé veut écono-
» miser ton argent et tes largesses. Si je paye
» mes créanciers avec les vingt mille francs que tu
» m'as donnés, je ne vais pas à Clichy, me suis-je
» dit, en raisonnant ; mais je reste sans le sou. Qu.
» paye ses dettes s'appauvrit. Demain, je me vois
» encore dans la dure nécessité de faire le siége de
» ton coffre-fort. Gardons les vingt mille francs de
» ce brave Edgar, ai-je ajouté, et avec cette petite
» fortune, allons en faire une grande à Bruxelles.
» La profession de contrebandier ne m'est pas in-
» connue. Les produits de Malines sont très-re-
» cherchés en Allemagne. J'ai le pied leste et l'œil
» que je veux avoir ; je parle le brabançon et l'alle-
» mand. Ma fortune est faite en cinq campagnes.
» Les créanciers sont les seuls hommes qui puissent
» attendre de l'argent, parce qu'ils en ont : s'ils
» n'en avaient pas, ils ne seraient pas créanciers,
» ils seraient débiteurs comme moi et ils feraient
» attendre. Ils attendront. Puis, réfléchis bien,
» Edgar, ton idée du bois de Boulogne ne valait rien
» du tout. Songe aux conséquences ! A Bruxelles,
» tout va se passer selon tes désirs et tes intérêts.
» Je fais donc ma fortune d'argent et ta fortune
» d'amour du même coup. Tu inventes, toi, mais

» moi je perfectionne tes inventions. Dis–moi merci
» et sois reconnaissant.

» II.

» *P. S.* J'emmène la petite Capriola. »

— C'est un drôle achevé, dit Edgar, en serrant
la lettre, mais il raisonne très-bien, en cette occasion.
Bruxelles vaut mieux.

VII

En wagon

Edgar et Urbain étaient en coupé, sans voisins, seule manière de voyager qui favorise le dialogue intime. Si les coupés des chemins de fer avaient le don de la parole, ils instruiraient mieux l'homme et la femme que tous les moralistes de l'univers.

Le jeune comte, qui avait à sa disposition toutes les contenances du roué, paraissait fort abattu, et, par intervalles, un soupir comprimé sortait de sa poitrine, ce qui affligeait profondément Urbain qui se regardait comme la cause directe, quoique involontaire, du malheur d'un ami.

Après deux heures d'un silence inquiétant, Urbain osa prendre la parole :

— Mon cher Edgar, dit-il, si ce duel vous tour-

mente trop, arrêtons-nous à la première station et
rentrons à Paris.

— Quel conseil me donnez-vous là ! dit Edgar
indigné ; est-ce le conseil d'un véritable ami qui
prend soin de mon honneur comme du sien propre?
Avez-vous bien lu attentivement la lettre de ce misérable ? Avez-vous bien pesé le poids de l'insulte ?

— Oui... oui... c'est-à-dire... voyez-vous, Edgar...
moi je ne suis pas très-bon juge en ces choses...
Otez-moi de mes fleurs et de mes médailles, je ne
comprends pas trop les usages du monde. Excusez-
moi.

— Mais vous comprenez les lois de l'honneur ?
dit Edgar en se redressant avec fierté.

— Oui, oui, mais pas trop bien encore... mon
éducation a été fort négligée sur ce point. Ces lois
changent selon les pays... Tenez. cher ami, je ne
suis pas méchant, moi ; les botanistes sont les plus
doux des hommes... Eh bien! si un homme m'in-
sultait gravement, je ne trouverais pas dans mon
organisation assez d'énergie pour me battre en duel
avec lui, mes mains ne sont pas habiles aux armes.
On ne se fait pas un tempérament; on le reçoit
du berceau...

— Et vous subiriez un affront sanglant, bouche
close et mains liées !

— Oh ! non, Edgar ; oh ! non. Je serais un Corse de la vieille roche. Je ne voudrais pas donner à mon ennemi le plaisir de m'insulter, et le bonheur de me tuer ensuite. Pas si bête ! la logique du duel est stupide. Elle donne trop souvent raison, par les armes, à celui qui a tort par l'action.. Je tuerais mon homme au coin d'un bois comme une bête fauve, et sans aucune espèce de remords.

— Urbain, cher Urbain ; vous vous calomniez. L'assassinat n'est pas dans nos mœurs.

— Il y est, au contraire, cher Edgar, et c'est le duel qui l'a introduit. Si on avait conservé l'histoire véridique de toutes les victimes du duel, depuis trois siècles, on verrait que la force, l'adresse, la science, ont presque toujours triomphé, dans ces rencontres, et que, sauf quelques rares exceptions, le plus faible a toujours été le vaincu. Comment appelez-vous le vainqueur ?

— Urbain, dit Edgar d'un ton doctoral, rien ne prévaudra contre le duel ; c'est un mal nécessaire, un préjugé honorable, une tradition de chevalerie, un...

— Oh ! répondit Urbain, il n'y a point de maux nécessaires, point de préjugés honorables, et la chevalerie est morte avec Don Quichotte. Je ne me paye pas, moi, de ces raisons. Voici mon code :

c'est le·code de la justice naturelle. La répression
ne saurait jamais être trop violente contre une attaque injuste. Je ne te connais pas, je ne sais pas
ton nom ; j'ignore si tu existes, et, en passant, tu
me donnes un coup d'épingle ; eh bien ! je réponds
par un coup de poignard. C'est mon droit. Le proverbe ancien a tort, en pareil cas : *Œil pour œil,
dent pour dent,* c'est stupide ; voici le mien : *Deux
yeux pour un œil, mâchoire pour dent.*

— Comme il s'anime ! comme il s'anime ! dit
Edgar en riant.

— Bien ! reprit Urbain ; je vous ai vu sourire
enfin ! je suis plus tranquille... C'est que nous
avons oublié notre point de départ... Vous aviez
une affliction profonde, avant cette discussion sur
le duel, et j'en étais inquiet. Si mon ami avait une
douleur mystérieuse, je voulais provoquer une confidence, comme un médecin moral, pour guérir la
douleur, en la connaissant... Mais vous avez gardé
votre secret.

Edgar soupira et regarda la campagne.

La nuit tombait avec ces lourdes tristesses qui
accablent le voyageur et lui font chercher l'amusement du sommeil. On n'entendait que l'horrible
concert de ferrailles exécuté par le convoi et la
cavatine stridente de la locomotive. Par intervalles,

un coup de sifflet dominait ce tumulte, comme une
protestation du bon goût contre la musique de l'a-
venir. Aux deux bords du chemin, les arbres semblaient fuir comme des géants en déroute. La lune
regardait ce tableau avec une indifférence stupide,
comme elle regardait les diligences paresseuses de
Laffitte et Caillard.

Edgar fit subir à ses épaules, à son torse, à ses
bras, à sa tête ces évolutions brusques qui annon-
cent l'intention de trouver un angle doux et une
incrustation pour le sommeil.

— Il va s'endormir, et je ne saurai rien, dit
Urbain, à haute voix, mais en aparté.

Et ses pieds trépignèrent d'impatience sur la
fausse peau de tigre qui sert de tapis au coupé.

Edgar, qui allait s'endormir, du moins en appa-
rence, abandonna sa position, conquise au prix de
de tant d'essais, et dit :

— N'avez-vous pas assez d'inquiétude, mon
cher Urbain ? Voulez-vous que je vous donne encore une mauvaise nuit avant le mauvais jour de
demain ?

— Oui, oui, je le veux, Edgar, l'incertitude est
pire que la plus affreuse des confidences.

— Qu'il soit fait selon vos désirs, reprit Edgar...
écoutez-moi... ce que je vais vous dire, vous ne

deviez le savoir que demain, au lever du soleil...
Le soleil égaye tout en se levant... mais votre impatience est si despotique...

— Mon Dieu ! s'écria Urbain, arrivez vite à la
chose, j'ai la fièvre !

— J'arrive, Urbain...

— Dieu soit béni !

— Urbain, la chance du duel peut m'être fatale.
Si je succombe... ne m'interrompez pas maintenant!... Mon Dieu! quand on se bat, il faut s'attendre à tout, même à la mort... Or, si je succombe, vous avez un religieux devoir à remplir...

— Mais vous ne succomberez pas, dit Urbain...
jamais Tartuffe n'a manié une arme; il ne connaît
que le goupillon, et fait feu avec l'eau bénite...

— Ah ! interrompit Edgar, en reprenant la pose
du sommeil, si vous raisonnez ainsi, bonsoir, et
bonne nuit, à demain.

— Allons, ne nous fâchons pas, dit Urbain, j'ai
tort ; je vous écoute, et j'admets tout ce que vous
voudrez.

— Bien! maintenant, je poursuis, dit Edgar, en
prenant la pose de la causerie... Urbain, je suis
fiancé à miss Angelina Fields, de Londres, une
jeune, belle et riche héritière ; elle a quatorze ans.
Londres n'a jamais rien vu de plus beau. Si les

7

anges ont des filles, ma fiancée a été créée au-
dessus des étoiles. Elle est fraîche comme la rose
d'avril, idéale comme Titania, séduisante comme la
grâce, blonde comme le soleil. A quinze ans elle sera
ma femme et mon bonheur.

Edgar essuya deux autres larmes qui ne coulaient
pas, regarda les étoiles, et poursuivit.

Urbain était profondément ému.

— Oserais-je dire qu'elle m'aime, et à vous,
cher Urbain? Non, le cœur d'un ange de quatorze
ans connaît l'affection, mais ne connaît pas encore
cette passion terrestre, nommée Amour. Ce que
j'ose affirmer, c'est que jamais homme n'a aimé
une femme comme j'aime Angelina. Je donnerais ma
fortune pour acheter à Dieu cette année séculaire
qui semble reléguer la date de mon heureux mariage à la fin de l'éternité.

— Voilà de l'amour! dit Urbain attendri.

Edgar prit son portefeuille, l'ouvrit, et en tira un
pli énorme.

— Voici, dit-il, mon cher Urbain, le service
qu'un ami mort exige de votre amitié.

— Mais ne parlez donc pas ainsi, Edgar, vous
me fendez le cœur, interrompit Urbain.

— Cher ami, reprit Edgar, vous oubliez que je
raisonne toujours par supposition... le cas fatal ad-

mis, vous enverrez à Londres un homme de confiance, et vous le chargerez du soin de remettre ce
pli à l'honorable Thomas Hutkinson, mon ami... voici
son adresse... vous pouvez la lire à la clarté de la
lampe : 33, *Bond-street*, un quartier opulent. Je
prie mon ami de remplir un triste devoir ; le devoir
d'annoncer ma mort à la famille Fields, et de remettre un billet d'agonisant à ma fiancée... le testa-
ment de mon cœur.

Les sanglots étouffaient Urbain.

— Ce billet, adressé à mon Angelina... vous pouvez le lire, Urbain... le voici...

— Lisez-le-moi, dit Urbain, d'une voix d'ombre.

— Je veux bien, reprit Edgar, car je me donnerai le cruel plaisir de le relire...

« Adorée miss,

» Un homme allait être heureux, en ce monde ;
» l'esprit du mal s'est ému de cette exception. Le
» bonheur, en naissant au ciel, a été condamné sur
« terre à un exil éternel. Votre fiancé ne sera pas
» votre mari !

» Avant de franchir le seuil de la tombe, j'ignore
» les secrets qui attendent mon réveil dans une au-
» tre vie, mais je sais que l'âme étant immortelle,
» l'éternité de ma pensée vous est acquise : c'est la

» seule consolation de mon agonie; j'éprouve une
» certaine joie à me dire : J'aimerai Angelina tant
» que Dieu sera Dieu! *Dearest miss, I send you my*
» *last thinking.*

    » Au revoir là-haut.

» Votre fiancé éternel,

» EDGAR. »

À ces dernières lignes, la voix d'Edgar s'éteignait graduellement, comme la voix de l'agonie; au dernier mot, on eût dit qu'il rendait le dernier soupir. Urbain n'avait pu cette fois retenir ses larmes. Un grand silence se fit dans le coupé.

— Mais enfin! dit Urbain pour rompre le silence, le bon droit triomphera demain! Ce sera le jugement de Dieu. Il ne sera pas dit qu'un misérable Tartuffe a donné la mort à un honnête homme.

— Notez bien toujours, dit Edgar, que je mets les choses au pis. Que voulez-vous, je cède, malgré moi, aux influences de la nuit. A l'heure qu'il est, on voit tout en noir. Le soleil me rendra ma gaieté. Le jour, c'est la vie; la nuit, c'est la mort. Dormons, pour abréger la nuit.

— Dormir! dit Urbain; tout l'opium de mon herbier ne m'endormirait pas. Le *boon-upas* même me retiendrait en insomnie.

— Vous aurez soin, dit Edgar en se renversant dans son angle de coupé, vous aurez soin de fermer le pli à la cire noire. Les Anglais sont très-méticuleux sur l'étiquette de la cire à cacheter.

— Dormir! dormir! reprit Urbain, avec la tête pleine de ces idées désolantes!... Je vais m'amuser à compter les étoiles pour me distraire et tuer le temps.

— Urbain, dit Edgar d'une voix somnolente, je vous garde rancune d'un oubli.

— J'ai oublié, moi!... Qu'ai-je oublié?

— L'amitié véritable est susceptible, Urbain; elle s'arrête aux menus détails, comme l'amour.

— Voyons l'oubli, Edgar.

— Vous ne vous êtes pas offert pour porter vous-même le pli à *Bond-street*, à Londres.

— Ah! que voulez-vous!... Je n'ai pas la tête à moi, mon cher Edgar... Mais enfin, pourquoi vous obstinez-vous aussi dans cette funèbre hypothèse?... Pourquoi?... Vous dormez, Edgar?

— Non, Urbain.

Edgar prononça ces deux mots avec une voix de songe.

— Croyez bien, Edgar, poursuivit Urbain, que si pareil malheur arrivait, ce qu'à Dieu ne plaise, l'homme de confiance ne serait autre que moi...

— Et vous verriez miss Angelina ? poursuivit
Edgar, toujours dans l'attitude du rêveur qui parle.

— Si cela était nécessaire.

— Pour lui remettre mon billet, ce serait nécessaire... né... ces... saire... Les demoiselles sont très-
libres en Angleterre...

— Oui, je le sais, dit Urbain ; mais, en re-
vanche, lorsqu'elles sont mariées, elles sont très-
esclaves.

— J'approuve fort cet usage, dit Edgar, toujours
avec une voix de somnambule.

— Certainement, il a son bon côté ; mais on ne
le fera jamais prévaloir en France.

— Tant pis ! C'est ce qui m'a engagé à me marier
en Angleterre. Un rêve !... un si beau rêve... détruit...

— Pourquoi détruit ? pourquoi, Edgar...

— Ah ! cher Urbain... mon ami... mon frère...
Un pressentiment...

— Un pressentiment est un mensonge.

— Pas toujours, Urbain...

— Vous êtes à moitié endormi, Edgar.

— Je le sais, Urbain... et j'entends bien votre
voix... C'est un effet de somnambulisme... Alexis
m'a souvent dit... Vous avez entendu parler d'A-
lexis ?

— Oui, un charlatan.

— Un somnambule, Urbain... tout ce qu'il y a de
plus... som... nam... bule... Alexis m'a dit que je
mourrai de mort violente... voilà pourquoi je crois
aux pressentiments.

— Je ne crois pas à ces bêtises, moi.

— Urbain, vous êtes un esprit fort... O belle Angelina, je te vois une dernière fois... dans un
rêve... fantôme divin !... sur un fond de lumière d'a-
zur... avec l'auréole des anges... Ta chevelure
blonde... est-elle rayonnante ! Elle éclaire la nuit
comme un soleil de beauté !... La blonde est deux
fois femme.

— Ah ! je n'admets pas cela ; non, je n'admets
pas cela, dit Urbain.

— Qu'est-ce que vous n'admettez pas, Urbain ?

— Qu'une blonde est deux fois femme.

— Urbain, vous avez toute la mythologie centre
vous. Toutes les déesses sont blondes, excepté
Pallas, qui est un homme.

— Eh bien ! Edgar, prenez la peine de vous réveiller, et nous discuterons cette question.

— Mais j'entends tout ce que vous me dites,
comme si vous parliez à Alexis. C'est une faculté
que vous auriez si vous étiez nerveux. Vous êtes
sanguin, vous. Le fluide n'agit pas sur votre épi-

derme. Les nerfs sont comme les cordes d'une
harpe éolienne, le moindre souffle les fait vibrer,
et le sommeil leur donne encore une sensibilité
plus exquise. L'âme ne dort jamais, et les nerfs
écoutent et répondent toujours.

— Oui, cela me paraît ingénieux ; mais j'attends
que l'expérience soit faite sur moi pour croire.

— Urbain, c'est comme si vous disiez j'attends
que l'aimant m'attire à lui pour croire à sa vertu
d'attraction. Soyez une aiguille d'acier, et il vous
attirera.

—Effectivement, — dit Urbain, en examinant
Edgar, — il dort ! il dort... On ne peut jouer le
sommeil avec ce naturel... Il dort...

— Enfin, vous le croyez ! dit Edgar il était temps !

— C'est merveilleux ! remarque Urbain : on m'a
si souvent conté la chose, et jamais je n'y croyais.
Il fallait voir.

— Vous parlez comme saint Thomas. *Vide, Thomas, vide manus, noli esse incredulus.*

— Alors, nous pouvons continuer la discussion.

— Sur quoi, Urbain ?

— Sur les blondes et les brunes.

— Oh ! non,

— Et pourquoi, Edgar ?

— Parce qu'en dormant, on s'expose à dire des

sottises, et c'est le mauvais côté du somnambulisme. L'âme dit tout ce qu'elle pense, lorsqu'elle est dégagée de son enveloppe matérielle. La franchise est la vertu de l'âme; la dissimulation est le vice du corps.

— Cela veut dire, Edgar?

— Cela veut dire cela, Urbain... il me semble que je suis clair.

— Pas trop.

— C'est encore la faute du sommeil, Urbain; éclaircissons.

— Oui, Edgar, un rayon de plus ne fera pas mal.

— Urbain, tout à l'heure, je vous ai offensé.

— Moi!... Comment?

— Je vous ai dit une chose que je ne vous aurais pas dite, en plein jour, à la promenade, et marchant sur mes pieds. L'âme a dit ce qu'elle pensait, selon son usage. Le corps n'aurait pas commis cette faute.

— Quelle faute, Edgar?

— Mon Dieu! que les gens réveillés sont insupportables avec leur empressement! Nous avons du temps de reste. Bruxelles est encore bien loin, et si nous épuisons l'entretien quand il y a quelque intérêt, l'ennui nous saisira à la gorge, comme le seul bandit de grande route que le chemin de fer n'a pas détruit.

— En voilà des préambules, j'espère ! dit Urbain en riant ; j'attends la sottise que votre âme a faite.

— Très-bien ! Urbain, la plaisanterie est de mon goût ! vous avez de l'esprit, quoique botaniste... Voici la sottise de mon âme... imbécile que je suis en dormant, j'ai osé dire que la blonde était deux fois femmes, à vous le mari d'une brune ! et d'une fort jolie brune ! C'est comme si j'avais fait l'éloge du Bordeaux devant un Bourguignon. Urbain, recevez mes excuses. Les brunes ont leur mérite. Le Lafitte vaut le Chambertin. Vivent les blondes et les... blondes ! et miss Angelina !

La voix d'Edgar s'éteignit en sourdine ; sa tête tomba lourdement sur l'épaule droite ; une respiration forte se dégagea de sa poitrine, par intervalles réguliers. Il ressemblait cette fois à un voyageur profondément endormi.

Ce voisinage est contagieux dans un wagon. Urbain examina quelque temps son perfide ami, et subit l'influence. Il prit alors une bonne position dans son coin, et il mit en duo la rauque mélopée du sommeil.

VIII

La comédie de la mort

Les deux voyageurs se réveillèrent dans la gare de Bruxelles. Munis du bagage de Bias, et n'ayant rien à démêler dans les broussailles des hangars d'arrivée, ils montèrent en fiacre et se rendirent aux galeries Saint-Hubert.

Pour attendre l'heure du rendez-vous, ils entrèrent dans un de ces cafés parisiens qu'on trouve dans cette belle promenade couverte, et le comte Edgar commanda un déjeuner modeste, le déjeuner que n'assaisonne pas l'appétit, dans les matinées des fortes émotions.

Urbain était abattu : il éprouvait déjà ces tiraillements intérieurs que l'approche d'un duel donne aux témoins et aux combattants. Son teint frais de

botaniste et de jeune millionnaire avait un principe
de jaunisse. Il regardait sa montre à chaque instant,
pour voir si le miracle de Josué n'allait pas se re-
nouveler sur les aiguilles d'un cadran.

— A quoi pensez-vous ? lui demanda Edgar.

— A une folie, dit Urbain ; je voudrais qu'aujour-
d'hui onze heures sonnent au lieu de dix.

— Ce n'est pas une folie dit Edgar, cela s'est vu à
Bâle en Suisse, au siècle dernier. Il y avait un complot :
il devait éclater au coup de midi, sonné par la pen-
dule-horloge publique. Les conjurés attendaient, la
main sur leurs armes. Midi ne sonna pas, l'horloge
sauta de onze heures à une heure, par miracle providentiel. Les conjurés virent dans cette substitution
un avertissement céleste, ou une ruse de l'autorité
municipale, et ils rentrèrent chez eux. En mémoire
du péril évité, et par reconnaissance pour le service rendu par l'horloge, le gouvernement décréta
que midi ne sonnerait plus et qu'il serait remplacé
par une heure ; témoin ce quatrain conservé par
Boursault :

> On publia dans chaque carrefour,
> Par ordonnance magistrale,
> Que désormais midi ne serait plus à Bâle,
> Comme ailleurs, le milieu du jour.

— Vraiment, dit Urbain, je vous admire, cher

Edgar ! Vous vous amusez à me raconter des histo-
riettes plaisantes dans un moment aussi grave !

— Mon ami, répondit Edgar en souriant, ne me
croyez pas plus brave que je ne suis. En plein jour
j'y vois plus clair qu'à minuit, et je crois fermement que nous sommes venus à Bruxelles, en train
de plaisir. L'ennemi ne se montrera pas.

— Vous croyez ! dit Urbain en reprenant son teint
de botaniste.

— Je le crois fermement, vous dis-je, et j'ai mon
plan tout prêt.

— Que ferez-vous, Edgar?

— Vous verrez. Attendons dix heures en lisant
l'*Indépendance belge,* pour voir les nouvelles du jour.

— Oh ! je me soucie bien des nouvelles du jour !
dit Urbain ; une seule m'intéresse, et je ne la trouverai pas dans un journal du matin, celle-là !

Edgar parut s'absorber dans la lecture du journal belge que le garçon venait de lui servir tout
frais éclos, comme une primeur de lecteur gour-
met.

Urbain tirait toujours sa montre et l'élevait à la
hauteur de son oreille, pour s'assurer que le ressort
genevois fonctionnait. Il fallait encore franchir l'a-
bîme de trois minutes, avant de voir le nombre dix,
marqué sur le cadran, par la longue aiguille.

— Nous y voilà bientôt, dit Urbain en posant sa montre sur une colonne de l'*Indépendance belge*.

— Eh bien ! dit Edgar, payons et sortons.

L'horloge des galeries Saint-Hubert sonna l'heure solennelle, et les pieds des deux jeunes gens touchaient les dalles de la promenade.

D'un bout à l'autre des galeries on ne voyait qu'un très-petit nombre de passants affairés , et pas un promeneur.

En certaines occasions, il arrive souvent qu'un homme ne sait pas trop ce qu'il désire ou ce qu'il redoute dans l'incident qui va surgir. L'exactitude chronométrique étant la première condition d'un rendez-vous d'honneur, Urbain fut autorisé à croire que M. Herman ne paraîtrait pas, et cela étant admis comme probable, il se trouva sous l'impression de deux sentiments opposés ; et ne sachant auquel des deux donner la préférence, il se réjouissait de n'être pas témoin d'un spectacle de sang, incompatible avec ses habitudes, et il voyait avec douleur s'échapper une superbe occasion de se délivrer, par la main d'Edgar, de ce terrible Tartuffe, fléau de sa tranquillité domestique.

Edgar avait quitté le bras d'Urbain, et il allait et venait, regardant les deux horizons, agitant ses bras, et secouant sa tête comme un de ces anciens télégraphes qui faisaient trente-six contorsions pour répondre : *Il ne viendra pas*, à l'interrogation d'une veuve lointaine.

Au coup de dix heures et quart, le jeune Edgar, Tartuffe moderne, lança son bras droit, par-dessus sa tête, ce qui signifie, en pantomime chorégraphique, *il faut y renoncer!* Et appelant Urbain, il lui dit :

— Rentrons au café : nous boirons de la bière. J'adore la bière de Bruxelles. C'est ici le dessert liquide de tout bon repas.

Urbain suivit, toujours se demandant s'il fallait se réjouir ou s'attrister.

Edgar demanda une plume, de l'encre et une feuille de papier, et écrivit un certificat, constatant sa présence aux galeries Saint-Hubert, et la présence de son témoin. Il signa, fit signer Urbain, et s'avançant vers le maître du café, il lui dit :

— Nous avions un rendez-vous ici pour une grande affaire... industrielle, à dix heures précises; veuillez bien signer avec nous, et gardez-nous ce papier avec soin, pour constater notre exactitude, le cas échéant.

Ce qui fut fait aussitôt.

— Maintenant, dit Edgar à Urbain en le prenant par la main, voulez-vous que je vous donne un bon conseil?

— Donnez un conseil, dit Urbain; il ne peut
manquer d'être bon.

— Nous ne sommes qu'à une heure d'Anvers;
allons à votre jardin, vous commanderez à votre
jardinier un bouquet tropical, et vous l'apporterez à
votre femme: c'est une attention délicate dont elle
vous saura gré. Ce bouquet, d'ailleurs, sera une
pièce justificative d'une absence scientifique. Nous
ne perdrons pas une minute ensuite, et nous rentrons à Paris.

Urbain serra la main d'Edgar.

— Il pense à tout, ce noble ami! dit-il. Partons
pour Anvers.

— Voyons! dit Edgar en comptant sur ses doigts;
tout compte fait, nous pouvons encore arriver à
Paris ce soir. Hâtons-nous.

Ils sortirent du café, et entrèrent dans la galerie.

Urbain retint une exclamation et serra le bras
d'Edgar. Deux hommes passaient devant eux.

L'un était vêtu tout de noir, et portait à la bou-
tonnière de décoration le ruban de l'ordre de Malte.
A Bruxelles, on porte tout ce qu'on veut.

L'autre était vêtu comme un étudiant d'Allemagne; il était coiffé, au sommet de la tête, d'un
bonnet qui couvrait à peine un pouce de chevelure

abondante. Il paraissait âgé de trente ans. Sa barbe rousse, inculte, rude, son teint pâle et ses yeux d'un gris orageux lui donnaient une physionomie formidable. Il ressemblait admirablement à un témoin patenté pour les duels de spadassin.

Urbain chancela, et prit le bras d'Edgar pour soutien.

— Les voilà!... dit Edgar sur le ton de la surprise. Voilà son témoin ; allez à lui, faite votre devoir ; j'accepte toutes les conditions.

Le souffle expirait sur les lèvres d'Urbain.

— Allez, et soyez ferme, ajouta Edgar.

Urbain marcha vers le terrible témoin, et le salua gauchement.

Les deux adversaires se mirent à l'écart pour laisser aux témoins le soin de régler le combat.

Le témoin de Tartuffe toucha son bonnet d'étudiant, pour répondre au salut, et donna son nom et ses qualités en ces termes :

— Paulus Western de Bruges, ex-professeur de minéralogie, et brigadier dans les hussards de la Mort.

Urbain trouva plus facile de donner sa carte, et s'inclina.

— Monsieur, dit Paulus Western, avec une voix d'un rauque effrayant ; monsieur, nous sommes les

insultés, et nous avons le choix des armes...
Avez-vous une objection à faire?... Non... bien!
Notre droit est reconnu... Nous avons choisi le pistolet, l'arme des braves... Accepté... Le silence est
une acceptation... Le lieu désigné par nous est un
petit bois de mélèzes, à une demi-pipe de Malines...
Accepté?... bien!... Et maintenant, je vais rejoindre
le chevalier, mon ami; allez rejoindre M. le comte,
et vite, au chemin de fer, route d'Anvers, station de
Malines. Offense mortelle, duel à mort, selon le
code Brabançon.

Le hussard se cambra sur son torse, fit un salut
raide, et laissa Urbain cloué sur la dalle, et pétrifié.

Edgar n'eut pas l'air de remarquer le trouble
mortel d'Urbain; il courut à lui, et le suspendant à
son bras, il lui dit:

— J'ai tout entendu, vite en chemin de fer.

Urbain marchait avec les pieds d'Edgar. Un fiacre
vint à propos pour secouer la léthargie du pauvre
botaniste, et lui rendre le jeu mécanique des mem-
bres. Edgar faisait un monologue sur l'immortalité
de l'âme, et, par intervalles, il prononçait le nom
d'Angélina.

Les quatre héros de cette aventure montèrent
dans le même wagon. Un grand silence se fit. Her-

man prit un air séraphique et regarda le ciel. Paulus
Western croisa les bras, et lançait des regards terribles à Edgar et à Urbain.

A la station de Malines, nos quatre héros descen-
dirent, et Paulus Western dit tout bas à Urbain :

— Je marche le premier, suivez-moi ; prudence
et maintien insoucieux. N'éveillons aucun soupçon
chez les curieux et les ouvriers en dentelle ; il y a
des manufactures partout.

On sortit dans la campagne ; Urbain était re-
morqué par Edgar, dans ces belles prairies qui ont
posé devant Paul Potter. Le chevalier Herman regardait le ciel et agitait ses lèvres, comme s'il eût
fait une prière mentale. Edgar disait à Urbain :

— Une dernière recommandation, mon ami, mon
frère. Si je succombe, n'oublie pas ma dernière volonté ; donne pour moi une pensée à la malheureuse
Angélina, veuve avant l'hymen.

Quand ils furent arrivés au petit bois de mélèzes,
Paulus Western tira de ses poches une paire de pis-
tolets, et fit un signe à Urbain, qui, poussé par
Edgar, se rapprocha.

— Nous allons charger loyalement les armes... Si
vous n'avez pas l'habitude de ces choses, monsieur,
je vais charger les deux pistolets sous vos yeux, et
vous choisirez.

Les armes chargées, Paulus Western les offrit à Urbain, qui eut à peine la force de prendre et de soutenir un pistolet pour le donner à Edgar.

— Un dernier mot, — dit Paulus à Urbain. — Il est inutile de vous rappeler, en terre brabançonne, l'article consigné dans l'histoire de la Belgique de Metteren... Vous ne connaissez pas cet article ?... Le voici textuel : « *Tout témoin de duel prend le titre de second sur le terrain belge...* » Vous ne comprenez pas ?... Expliquons-nous... Cela veut dire que si le chevalier, mon ami, est tué, l'affaire continue entre les seconds, entre vous et moi ; et pas un mot de plus.

Urbain ouvrit la bouche pour répondre, mais les organes du larynx étaient paralysés.

— Accepté ! dit Paulus, et il remit l'autre pistolet au chevalier de Malte.

Les deux combattants se placèrent à vingt-cinq pas.

Urbain s'appuya contre un arbre et ferma les yeux.

Le sort avait décidé qu'Herman tirerait le premier. Un coup de pistolet se fit entendre ; Urbain regarda malgré lui, et vit Edgar debout et ajustant son arme. Ce succès lui remit un peu de courage au cœur ; il ne referma pas les yeux.

Edgar fit feu, Herman chancela, mit les mains sur sa poitrine, poussa un cri et tomba lourdement la face contre le gazon.

L'extrême peur rendit ses forces à Urbain ; il bondit comme un cerf relancé dans un bois et disparut à travers les arbres, dans la direction de Malines.

Un trio d'éclats de rire retentit sur le terrain de ce faux combat. Herman se releva, et son accès de gaieté folle ne lui permit de parler qu'après cinq minutes.

— Voilà un imbécile de première catégorie ! dit-il à Edgar.

— Mais non, dit Paulus ; on trouverait un million de niais comme cet Urbain. La comédie a été préparée de longue main et parfaitement jouée ; de plus fins auraient été dupes comme lui. Edgar, tu inventes et tu mets en scène à merveille.

— Oh ! dit Edgar, tout n'est pas fini là, ni pour moi ni pour vous deux. Vous êtes instruits de ce que vous avez à faire ? Ne perdez pas de temps ; allez vous embarquer à Anvers et préparez-moi mes deux personnages à *Bond-street* et mon pied à terre de *Tottenham-rood.* Vous pouvez facilement trouver à Londres une Angélina de quinze ans, à raison de deux livres par séance ; vous la dresserez au ma-

nége et vous lui promettrez un billet de *Five-pounds*,
si elle s'acquitte bien de son rôle. Choisissez-la d'un
blond extravagant, et faites-la coiffer avec deux
cascades de boucles. A coup sûr, vous trouverez
cet ange dans l'enfer de Crawfurd.

— Et tu ne nous donnes pas le temps de faire
quelques emplettes à Malines? demanda Herman.

— Oh! celui-là, dit Edgar, pense toujours à sa
contrebande de Malines. Tu seras contrebandier un
autre jour. Partez, arrivez, trouvez, écrivez. Adieu,
je vais rejoindre mon fuyard et l'achever. Si vous
avez besoin d'argent, tirez à vue sur moi, mais une
seule fois, et pas au-dessus du billet de mille. Après
complète réussite, nous réglerons nos comptes
et vous serez satisfaits. Restez encore une heure
ici; je vais à Malines, seul.

A la station, Edgar chercha Urbain dans tous les
recoins des salles d'attente et il ne le trouva pas;
mais lorsque le convoi d'Anvers arriva, il vit sortir
d'une barricade de bagages un voyageur leste, qui
s'élança dans un wagon ouvert, comme un contrebandier poursuivi par les gens de la douane. C'était
Urbain.

Edgar se donna la démarche d'un soldat blessé à
la jambe gauche et sortant de l'ambulance, et entra
péniblement dans le même wagon, où il parut

surpris de rencontrer son compagnon de voyage.

— Nous parlerons après le départ, lui dit-il mystérieusement.

Urbain fit un signe affirmatif et garda la contenance honteuse du poltron.

Dès que l'employé eut refermé la portière, Urbain saisit les mains d'Edgar et s'excusa de l'avoir abandonné ainsi ; mais il avait cédé à une impression de terreur irrésistible ; les pieds avaient emporté la tête, à l'insu du cœur.

— Je comprends très-bien cela, dit Edgar d'un air amical qui mit Urbain tout de suite à son aise ; je comprends cela. Les conscrits ont peur au premier feu, et ils deviennent des héros le lendemain. Tu ignorais, mon cher Urbain, qu'en terre belge les témoins sont élevés à la dignité de second ; ce sont les mœurs de l'ancienne chevalerie brabançonne. Ainsi, après la mort d'Herman, ton devoir t'ordonnait de te battre avec le second. En ton absence, j'ai dû te remplacer. Le sort ne m'a pas complétement favorisé cette fois. J'ai blessé le hussard à l'épaule droite... là... et moi j'ai reçu... ici .. au gras de la jambe, un ricochet de balle qui me fait boiter un peu... Oh !... ne t'effraye pas... ce n'est rien... une simple contusion.

— Ce généreux ami, dit Urbain ému jusqu'aux

larmes... Tu caches ta souffrance pour me ménager ?

— Non, te dis-je, ce n'est rien. Ne me loue pas
pour une chose si simple ; dans deux jours je serai
sur pied.

— Quelle journée ! quelle journée ! dit Urbain,
les mains jointes et les yeux au ciel.

— Ah ! elle a été rude, elle a été chaude, dit
Edgar, mais le bon droit a triomphé.

— Jamais je n'oublierai ce service, reprit Urbain,
jamais je ne pourrai le reconnaître dignement... il
m'est impossible de plaindre... cet Herman... il
empoisonnait ma vie... Était-il rusé ! était-il perfide ! était-il cauteleux !

— Oh ! dit Edgar, ces hommes-là sont bien re-
doutables !

— Ont-ils l'esprit inventif en fait de malice ! reprit Urbain. Ces hommes-là, entrent dans un salon,
en criant à leur domestique : *serrez ma haire avec
ma discipline !*...

— Oui, Urbain, oui.

— Ils prennent une mine piteuse et une voix
de miel, poursuivit Urbain.

— Oui, les fins renards.

— Ils marchent dans des souliers plats, comme
des bedeaux de paroisse.

— Oui, ils marchent ainsi, les rusés drôles.

— Ils ôtent leur chapeau en prononçant le nom de Dieu!...

— Oui, ils font tout cela, ces diplomates d'hy-pocrisie!...

— Et, enfin, pour couronner leur scélératesse, ils osent attaquer nos femmes dans notre salle à manger, devant une table!

— Oui, oui, et ils ferment la porte de la galerie, ces perfides coquins!

— Mais! s'écria Urbain, qui reprenait ses forces et son courage; mais ils ne savent donc pas que leurs piéges, leurs ruses, leurs hypocrisies ne peu-vent pas tromper longtemps un œil habitué à dé-couvrir le côté frauduleux des hommes!

— C'est ce que je me dis souvent, remarqua Edgar.

— Ne savent-ils pas que tous les maris ne sont pas des imbéciles tout prêts à donner leur front au premier décorateur venu?

— Oui, ne savent-ils pas cela?...

— Tu souffres, Edgar? dit Urbain d'un ton affec-tueux, oui, je vois que tu souffres... ami... tu viens de retenir une plainte.

— C'est une bagatelle te dis-je, mon cher Urbain, par intervalles, un léger lancinement dans les muscles, une petite douleur nerveuse... moins que

8

rien. On est homme à se tirer d'affaire, à si bon
marché !

— Et c'est pour moi ! pour moi ! dit Urbain, en
serrant les mains d'Edgar... Oui, c'est pour moi !...
Allons, il a aussi la pudeur du bienfait !... Mais,
moi, Edgar, je ne m'effraye pas de la reconnaissance, j'accepte un grand service comme bienfait,
et non comme fardeau. Si vous étiez pauvre et
malheureux, je voudrais passer ma vie à vous faire
du bien.

De meilleurs instincts se réveillaient parfois dans
le cœur d'Edgar, lorsque ce bon Urbain s'épanchait
avec une naïveté si touchante ; alors Edgar était
bien près de tout dévoiler, et d'en finir avec cette
comédie coupable, mais un seul souvenir donné à
Ursule fermait sa bouche au moment de l'aveu. La
passion triomphait de la probité naissante.

Les deux jeunes gens voyageaient en train de
petite vitesse, allant d'Anvers à Paris. Ils ne des-
cendirent donc pas sur le pavé de Bruxelles, ce qui
mit le comble à la joie d'Urbain. A la nouvelle station, les voyageurs abondèrent, et l'entretien intime cessa d'être possible. Edgard et Urbain durent
se résigner à dormir, ou à se mêler aux conversations de leurs voisins. Ils profitèrent de ces deux
ressources jusqu'à la gare de Paris.

IX

Une maxime de Sénèque

Lorsqu'Urbain et Edgar arrivèrent à la gare du
Nord, Paris se réveillait à peine ; la douce lumière
du matin réjouissait les avenues ; de légers bruits
de roues et de portes ouvertes préludaient, comme
un *andante* tranquille, à ce fracas universel qui
est la voix de la capitale jusqu'à minuit.

Ces images riantes, si neuves pour Urbain, le ra-
virent de joie, après sa course orageuse, et lui
firent mieux comprendre le charme recueilli des
émotions domestiques. Son imagination le trans-
porta tout de suite dans l'endroit le plus mystérieux,
et le plus inabordable de son hôtel ; il vit sa femme,
sa belle Ursule, endormie après l'insomnie d'une
nuit brûlante, et digne en ce moment du pinceau

de Corrége, l'artiste des radieuses nudités. Une joie délirante éclata dans tout son être ; il ne se reconnaissait plus lui-même ; le froid botaniste se transformait. Un divorce de deux jours, une insomnie de deux nuits, un drame plein de terreur, une course haletante, une vie de quarante-huit heures, longue et pleine comme la pensée du vieillard, les ardentes émotions d'un dangereux voyage, tout enfin renouvelait ce jeune homme, fécondait son organisation en friche, commençait son expérience, donnait un rayon à son esprit, une flamme à son cœur et à ses sens. L'amour-propre n'était plus l'aiguillon banal de sa jalousie ; il aimait sa femme pour la première fois, et tout son corps frissonnait d'allégresse, à l'idée qu'une course de voiture le séparait de cette merveille de grâce exquise et de beauté savoureuse, de ce trésor d'amour, créé pour lui, et pour lui seul !

Un œil infaillible, dirigé obliquement sur lui, perçait le front novice où s'agitait le secret de ces pensées. Edgar n'avait rien perdu de cette confidence muette, écrite en traits de flamme sur le visage d'Urbain transfiguré.

Ils étaient montés dans un fiacre, devant le péristyle de la gare du Nord ; Edgar avait donné son adresse, rue Caumartin, et de là, Urbain devait se

faire conduire à son hôtel du faubourg Saint-
Honoré.

A chaque cahot de la voiture de louage, Edgar
comprimait une plainte sourde, qu'il élevait d'un
ton ; mais le bonheur avait donné la surdité de l'é-
goïsme à Urbain. Le jeune mari était tout à son plan.
Je la trouverai encore dans l'hostilité de sa rancune,
pensait-il, mais je me jeterai à genoux, je verserai
des larmes véritables, je roulerai mes cheveux sur
le tapis de l'alcôve, je ferai toutes les humilités pos-
sibles ; elle ne me reconnaîtra plus, elle retrouvera
un amant dans son mari, elle me pardonnera les
torts que j'ai envers elle, et même les torts qu'elle a
envers moi!...

Edgar vit luire dans les yeux d'Urbain l'extase de
l'élu qui entre au ciel.

Un cahot violent provoqua cette fois une plainte
stridente qui aurait fait bondir la plus sourde des
idoles d'Égypte. Urbain se réveilla en sursaut, dans
son extase, et dit d'une voix affectueuse :

— Vous souffrez, Edgar?

— Oh! ce n'est rien!... rien... — dit Edgar en
faisant une grimace de damné — j'aurais dû rester
à Bruxelles et me soigner... Une nuit en wagon a
envenimé cette petite blessure insignifiante... mais
la moindre blessure négligée... eh!... peut avoir

8.

des suites fâcheuses... surtout par cette chaleur
tropicale... Un de mes amis est mort au mois de
juillet d'une contusion négligée... il y a eu gan-
grène... Je vais écrire au docteur Cabarus... oh!

— Mon pauvre ami! mon pauvre Edgar! dit Urbain; et c'est pour moi!... pour moi!...

— Est-ce que j'en fais un reproche? dit Edgar
d'une voix douce; pourquoi t'obstines-tu à me rappeler ce qu'on appelle un dévouement, en termes
d'égoïsme, et ceque je nomme un léger service en
termes d'amitié?

— Bien! reprit Urbain; je n'en parlerai plus. A
ta place, bien d'autres feraient sonner bien haut
cette bonne action, et...

— Bon! voilà que tu recommences!

— Je me tais, Edgar... Te trouves-tu mieux?

— Ce sont des accès de douleur intermittente...
Avant de nous séparer convenons d'une chose entre
nous.

— Parle, Edgar.

— Tu cacheras toutes ces aventures à ta femme,
et...

— Comment! interrompit Urbain; me crois-tu
assez stupide pour commettre une telle sottise?

— C'est que, reprit Edgar, il y a des maris qui
racontent tout à leurs femmes, et je ne les en blâme

pas. Je sens que je serai bientôt du nombre. Ma franchise naturelle ne peut rien dissimuler. Cependant je conviens qu'il y a des occasions... A propos, il faut que mon expérience te vienne en aide... Tu as oublié le bouquet d'Anvers !

— Tiens ! j'avais complétement oublié cette pièce justificative !

— Ta femme traitera ce voyage de conte bleu.

—Oui... Elle est d'ailleurs si ombrageuse !... Comment me tirer de là ?

— C'est bien simple, Urbain : entre un instant chez moi ; j'enverrai mon domestique chez Leclancher, il te rapportera un bouquet de fleurs exotiques, nous le ravagerons un peu, pour imiter les avaries du chemin de fer, et tu te présenteras à ta femme, escorté de cet avocat de jardin.

—Admirable, cher Edgar ! merci de ton idée ! Maintenant, je puis me garantir un bon accueil.

—Nous voici chez moi, Urbain ; monte un instant ; je garde la voiture ; pour la course chez Leclancher, mon domestique sera bientôt de retour.

Urbain donna le bras à Edgar, qui lui dit : Glissons-nous, pour nous dérober à l'œil de mon portier ; il ferait un commérage sur ma jambe.

Au même moment, un domestique qui, probablement, avait reçu les instructions du maître, sortit de la loge, et présenta un paquet de lettres à Edgar.

— Bon ! dit Edgar, le portier m'a vu boiter ! au diable les lettres! Et faisant signe au domestique, il lui dit à voix basse : Courez chez le docteur Cabarus, je l'attends, et rentrez tout de suite. Il y a une voiture à la porte.

Il monta péniblement l'escalier du premier étage, toujours soutenu par le bras d'Urbain, et la porte étant ouverte, il s'assit dans le salon, et, désignant un fauteuil à Urbain, il dit :

— Tu me permets de jeter un coup d'œil sur ma correspondance... Voyons ce que peut te donner Léclancher : en fait de fleurs exotiques... Tiens, la première lettre que j'ouvre est un billet de noces... *M. le comte de Saint-Saulime, a l'honneur de vous faire part*, etc., etc. Léclancher a de superbes *yucas gloriosas*...

— C'est excellent ! dit Urbain.

— Une lettre de mon fermier, reprit Edgar... Il se plaint de la sécheresse, et de saint Médard... Je connais cette chanson d'été... Il a aussi dans sa serre des *stanhopeas oculatas*... fleur bien rare, n'est-ce pas Urbain?

— Oui, il n'y en pas chez les Tavignon.

— Une invitation à dîner, pour demain, reprit Edgar... S'ils sont quatorze, ils courent grand risque d'être treize; demain, je serai au lit... Léclancher a des *hibiscus*, aussi; j'adore l'*hibiscus*... Ah!... au diable les beaux-pères!... Ceci est sérieux!

— Tu as pâli, Edgar, dit Urbain effrayé... Quelque fâcheuse nouvelle?

— Oui, dit Edgar consterné; la fatale chance continue; la lune sera mauvaise pour moi jusqu'à la fin du quartier!

— Voyons, mon ami, dit Urbain suppliant, confie-moi ce malheur...

— Il est sans remède, Urbain... Non, non... il y a un remède...

— Ah! je respire! mon cher Edgar!

— Il faut que je parte pour Londres, sur-le-champ.

— Dans l'état où tu es, Edgar! y songes-tu?

— Je me guérirai en route.

— Mais, qu'y a-t-il donc de si urgent, Edgar?

— Il y a que mon mariage est rompu. S'il n'y avait que la dot à perdre, je m'en moquerais comme d'un schelling, mais il y a la femme!... Oh! je ne survivrai pas à ce coup! Je pars...

Edgar se leva, mais, vaincu par la douleur qu'il n'avait pas, il retomba lourdement sur le fauteuil!

— Tu vois bien que tu ne peux pas partir! s'écria Urbain au désespoir.

— Écoute cette lettre, Urbain, et puis tu jugeras
toi-même... *Sir... sir*, tout court, c'est déjà grave,
pour un Anglais; *sir, your behaviour*... Comprends-
tu l'anglais ?

— Non, Edgar.

— Alors, je vais te la traduire en français...
*Monsieur, votre conduite est un peu trop française,
dans sa légèreté...* Tu vois, Urbain, ces Anglais en
sont encore là, comme sous Louis XV ! Nous sommes toujours légers, frivoles, et tous maîtres de
danse. Sébastopol ne les a pas convertis... *Voici
quatre jours passés sans nouvelles de vous, et au
moment où s'apprête la plus respectable des céré-
monies...* Là, ce beau-père a un peu raison. Mais
que diable ! avec toutes les affaires que j'avais sur
les bras, ai-je trouvé une minute pour écrire !...
Je pensais... *Cette insouciance (carelessness) du
fiancé ne promet pas un bon mari (good husband,)
et un père est en droit de s'alarmer. La frivolité
de votre nation m'est connue...* Est-il Anglais, ce
beau-père de Londres !... *Et je ne veux pas que
mon Angelina, mon unique trésor, soit victime d'un
caprice, comme Mlle de La Vallière, Mme de Mon-
tespan, Mlle Agnès Sorel, et tant d'autres. Vous
voyez que je connais votre histoire...* Oh ! il la connaît bien !... *Ainsi, honorable sir, comme le dit*

mon proverbe de l'Oxfordshire : CE QUI A ÉTÉ FAIT EST FAIT, CE QUI N'EST PAS FAIT NE SERA PAS FAIT... Il est joli, son proverbe !... *Nous nous quittons en parfaits gentilshommes, et je fais des vœux pour voir régner entre nos deux nations une paix qui est la paix du monde, as say Cupido Palmerston, comme dit Cupidon Palmerston...* Il a trouvé encore le moyen de citer Palmerston ! J'ai vu le moment où il attaquait la question de la réforme électorale !... *Sir, le mariage est une institution anglaise, les Français naissent pour être célibataires. J'ai habité Paris vingt ans, et je connais vos mœurs. Votre vraiment dévoué...* Et la signature... Les Anglais appellent cela une lettre sérieuse !... Mais ce qui est sérieux pour moi, c'est la rupture. Perdre ce beau-père, c'est gagner ; mais perdre Angelina, c'est mourir !... Il faut donc partir et me justifier... et partir sur-le-champ. Le bonheur de la vie dépend d'une minute perdue. Il me reste à peine le temps de retourner à la gare, et de prendre le premier convoi.

A ces mots, Edgar se leva, fit un mouvement convulsif, réprima une plainte et retomba lourdement sur son fauteuil.

— Mais, tu veux partir, dit Urbain, après ce

voyage brûlant, ce duel, ces insomnies, ces émotions ! Tu veux donc te tuer ?

— Je veux vivre ! dit Edgar, sur le ton du désespoir. Ma vie, c'est mon amour !

Second mouvement convulsif, suivi de plainte comprimée.

— Non, tu ne partiras pas, Edgar ! mon devoir est de te retenir... Attends le médecin, et tu verras...

— Oh ! voilà une bonne idée ! interrompit Edgar ; tu as parfois des naïvetés charmantes ! Le médecin a toujours intérêt à garder un malade ; il me clouera sur une chaise longue, et m'écrira des grimoires de pharmacien, avec des hiéroglyphes. Je connais ça. Mon médecin, c'est un cheveu blond d'Angelina. Urbain, je cours à ma guérison.

— Non, Edgar, s'écria Urbain ; ce n'est pas lorsque tu viens de te dévouer pour moi avec une si touchante abnégation, ce n'est pas lorsque tu viens de me sauver l'honneur et la vie que je commencerai ma reconnaissance par l'ingratitude... Je partirai, moi...

Edgar fit un mouvement de surprise très-bien joué.

— Oui, poursuivit Urbain avec feu ; oui, je par-

tirai pour toi, et je plaiderai ta cause mieux que tu
ne ferais toi-même. Je me sens un homme nouveau.
J'ai vieilli en deux jours. Je te promets d'être élo-
quent et de te justifier. La vérité, vois-tu, porte
avec elle un accent victorieux. Je raconterai tout.
Les Anglais, et surtout les Anglaises, sont très-sensi-
bles aux actes de dévouement, à l'héroïsme de
l'amitié. Ta cause est gagnée si je la plaide à Londres. Hier; j'étais honteux de n'avoir pour toi
qu'une reconnaissance stérile ; je te disais, tu as la
jeunesse, la fortune, un nom, tout enfin, et je me
désolais intérieurement de te voir si heureux, parce
que je ne pouvais m'acquitter envers toi ; aujour-
d'hui, ton malheur me cause une certaine satisfaction, je te l'avoue avec franchise ; tu as besoin d'un
service, et me voilà tout prêt à te le rendre. Ma
dette ne sera pas payée, mais l'amitié se contentera
d'un à-compte. Je pars.

Edgar prit et serra la main d'Urbain, et regarda
le plafond.

— Eh bien! tu te tais, reprit Urbain, tu ne te fies
pas à mon éloquence, tu t'obstines dans ta première
résolution?

— Urbain, — dit Edgar avec un de ces accents de
mélancolie que les comédiens du monde empruntent
aux comédiens du boulevard, — Edgar, réfléchis un

9

instant, et tu verras que ce que tu me proposes est inacceptable.

— Pourquoi, pourquoi, Edgar?

— Parce que tu as des devoirs sacrés à remplir.

— Le plus sacré de ces devoirs, Edgar, est de te rendre un service.

— Et que pensera ta femme de ce retard?

— Ma femme me croit à Anvers. Je lui écrirai.

— D'Anvers?

— De Paris; mais je daterai d'Anvers, et j'inventerai un prétexte de retard.

Edgar appuya son front sur sa main, et se fit ressembler à un homme qui réfléchit profondément avant une résolution.

— Eh bien! que décides-tu? demanda Urbain.

Edgar parut faire un violent effort sur ses scrupules, et prit affectueusement la main de cet ami trop candide.

— C'est accepté, dit Urbain avec joie; vite une plume et du papier... Ah! voilà tout ce qu'il me faut dans la pièce à côté. Je vais écrire ma lettre d'Anvers.

— Et ce médecin qui ne vient pas! dit Edgar avec impatience.

— Cabarus a tout Paris pour client, dit Urbain;

un médecin ne devrait avoir qu'un malade; mais tous les malades ne devraient pas avoir le même médecin. Ils s'exposent à se guérir en attendant le remède.

— Tiens, dit Edgar en riant, la gaieté te revient; tant mieux, je te vois partir avec moins de peine.

— Je suis si heureux de faire quelque chose pour toi.

— Ferme ta porte pour écrire ta missive d'Anvers. Les domestiques ont le vice de la curiosité, et ils ont toujours à faire quelque chose à côté de vous quand ils voient du mystère à côté d'eux.

Urbain entra dans la pièce voisine, et obéit à la recommandation.

Edgar se leva, marcha sur la pointe des pieds, et ouvrit la porte du salon.

Un sifflement imperceptible se fit entendre dans l'escalier.

Un domestique parut, et Edgar lui dit à voix basse :

—Tu remarqueras ce jeune homme pour le reconnaître, sans faire erreur. Je me fie à ton intelligence. Tiens-toi prêt à partir... Un billet de moi te donnera mes instructions pour *Bond-street*... A propos, fais en sorte que ce jeune homme ne te voie pas.

Le domestique s'inclina. Edgar rentra dans le salon.

Sa lettre finie, Urbain reparut, et dit :

— Comment faire parvenir ma lettre d'Anvers?

— Rien n'est plus simple, dit Edgar; je donnerai une espèce de livrée de chemin de fer à mon domestique, et il portera la lettre dans le bouquet. Cet envoi sera censé venir de la gare. J'ai reçu des bouquets de Gênes, moi, et je les ai envoyés à Londres. Anvers est aux portes de Paris.

— Ce bon Edgar ! Il prévoit tout.

— Maintenant, Urbain, veux-tu me satisfaire complétement?

— Je ne demande pas mieux, parle, Edgar.

— Tu prendras *l'express-train* de Calais, ce soir. C'est un retard insignifiant. Le sommeil et la fatigue t'accablent : ouvre cette porte; tu trouveras ma chambre de réserve. Mon beau-père y a couché à son dernier voyage à Paris. Trois heures de sommeil te remettront tout à fait, et tu seras frais et dispos, pour ton voyage à Londres. Allons, pas d'objection. Obéis à l'amitié.

— Allons, puisque tu le veux.

— Ne t'inquiète ni de la lettre, ni du bouquet. Pendant ton sommeil, tout arrivera à son adresse. Je m'en charge. Je te dis bonne nuit, en plein soleil.

Urbain sourit et obéit à l'amitié.

A cinq heures, Urbain sortit de la chambre de réserve, et trouva Edgar au lit, ce qui lui arracha un cri de surprise :

— Ce n'est rien, dit Edgar ; c'est une mesure de précaution ; le médecin est venu ; il a mis un appareil sédatif sur ma contusion, et m'a recommandé un repos absolu pendant deux jours... Ton bouquet et ta lettre sont remis ; il n'y a pas eu de réponse. C'est la femme de chambre qui a reçu l'envoi.

— Me voilà tranquille, dit Urbain, et tout à toi.

— Je t'ai fait préparer un léger bagage de route, un bagage d'Anglais... Présente-toi demain, chez mon beau-père, à l'heure du *lunch*, vers... trois heures, mais pas plus tard.

— Bien ! Edgar ; je suivrai à la lettre toutes tes recommandations, et tu seras content de moi. Je t'enverrai un bulletin de victoire.

Ils se serrèrent affectueusement les mains, à plusieurs reprises.

Urbain partit, et Edgar sauta lestement sur le tapis de l'alcôve en disant — quoique le monologue ne soit pas dans la nature —Je suis le Machiavel de l'amour !

Il faut toujours en revenir à cette profonde maxime que Sénèque a consignée dans sa soixante-deuxième lettre : *Voulez-vous savoir jusqu'où peut aller la passion de l'amour criminel? Mettez-la dans le cœur d'un homme puissant par la richesse, et vous verrez!*

A la puissance de la richesse, il faut ajouter l'ennui de l'oisiveté. Un vice moderne.

X

Lettre d'Urbain à Edgar

« Liverpool, 24 juillet 1855.

» Cher Edgar,

» Liverpool! tu vas t'écrier : Mais que fait-il dans la ville aux quarante docks! le Londres de la Mersey !

» Je comptais partir aujourd'hui pour Paris, et je t'aurais dit ma lettre au lieu de te l'écrire; mais j'ai manqué le convoi de Birmingham, et me voilà retenu après le départ de l'*express-train*. Tant de fatigues m'ont alité. Il me faut encore vingt-quatre heures de repos. Je suis à *Adelphi*, un bel hôtel, qui est un labyrinthe. — Mais que fais-tu à Liverpool? Me dis-tu encore : Attends.

» Avant tout, je t'annonce victoire sur tous les points. C'est l'essentiel.

» Je me console de ma mésaventure, en songeant à ton succès.

» Je sortais de la maison de ton ami, M. Thomas Hutkinson; j'avais sous le bras un léger bagage et je me croyais déjà sur la route de Calais. Devant le numéro 33 de *Bond-street*, j'avise une espèce de commissionnaire, planté comme une borne, un Auvergnat anglais; je lui demande mon chemin pour aller à la gare de Douvres, — on m'avait dit chez Hutkinson que le premier cokney venu m'indiquerait ma route, en disant *Dower, Dower*. Il paraît que j'ai mal prononcé ce mot, car l'Auvergnat, croyant m'avoir compris, m'a conduit au chemin de fer de Liverpool. Toutes les gares et tous les chemins de fer se ressemblent. Je suis monté en wagon, je me suis endormi, et, à mon réveil, j'étais à Liverpool! Mais ce n'est rien, j'ai failli aller en Irlande. A Adelphi, j'ai imité euphoniquement la fumée d'un paquebot, en remuant mes bras comme deux roues. — *Yès, yès*, m'a dit le garçon, et il m'a conduit à un dock sur une rivière, en me disant *Kingstown, Kingstown*. Alors je me suis aperçu que je n'étais pas à Douvres, et je me suis estimé très-heureux de n'être qu'à Liver-

pool ; car n'ayant pu apprécier la longueur du temps
écoulé pendant mon sommeil, et connaissant la
rapidité merveilleuse de la locomotion anglaise,
j'ai frissonné un instant à l'idée que je pouvais être
en Amérique. Tel est mon début dans les voyages.
Ne sachant que faire dans cette ville immense, j'ai
escaladé une rue, nommée *Copperas-Hill,* derrière
Adelphi-hôtel, et, au sommet, j'ai trouvé, par un
heureux hasard, le jardin zoologique. Tu vois que
mon malheur a obtenu sa compensation.

» Oh ! si ma femme connaissait l'Odyssée de son
mari ! Il est vrai que je reparaîtrai à ses yeux irréprochable comme toujours. Son Ulysse n'a pas eu
besoin de fermer ses oreilles avec de la cire, pour
échapper aux tentatives des sirènes. J'ai en horreur
ces femmes sans nom qui peuplent Londres et Liverpool dans toute la liberté du vagabondage. C'est
hideux à voir. Quelle horrible plaie sur un pays si
beau ! Il faut te dire que je suis un grand novice en
tout et que j'ouvre des yeux ébahis à toutes les his-
toires scandaleuses qu'on raconte ici. Ma femme a
été ma seule maîtresse, elle le sera toujours ; je
serai Philémon, si elle consent à être Baucis.

» Après t'avoir annoncé la victoire, je crois perdre
mon temps en t'écrivant les détails. Je serai chez
toi après-demain, et mon récit te dédommagera

9.

très-amplement de l'insuffisance de ma lettre. En deux mots voici le sommaire. M. Hutkinson est un type de dandy ; cravaté de blanc, habillé de noir, ganté de jaune à cinq heures du matin. Il a été charmant et m'a invité à dîner à Greenwich, auberge de *Sceptre and Crown*, où l'on sert des fritures de petits poissons, un mets délicieux. Ce qui me charme surtout chez Hutkinson, c'est qu'il a pour toi une affection sincère ; ce qui me déplait en lui, c'est son obstination à vouloir te fixer à Londres après ton mariage. C'est son idée fixe. Nous débattrons cela plus tard. Paris est la capitale de Londres.

» Ton beau-père, M. Fields, m'a fait l'accueil le plus glacial ; c'est un Anglais de la vieille roche : droit comme un I, concis comme un monosyllabe ; sérieux comme minuit. Heureusement, il m'a permis de parler, et ne m'a pas interrompu. Avec un Français de la même trempe, j'échouais dans ma mission. Le Français n'aime a parler qu'en duo ; il interrompt, on l'interrompt au milieu de l'entretien, c'est la tour de Babel en deux personnes. Chacun d'eux a oublié le point de départ, le duo a commencé sur l'Océan, il finit dans un ruisseau. Que te dirai-je, mon cher Edgar ! il me semble que je fais des progrès en toute chose, pardonne-moi cette illusion d'amour-propre ;

tu aurais été content de mon plaidoyer *pro amico*,
devant ton beau-père. L'exorde a été faible, à cause
de l'air glacial de ce beau-père anglais; ma péro-
raison a été superbe. J'ai trouvé de ces phrases
d'avocat qui attendrissent un jury. Une larme a
brillé dans l'œil gauche de Fields; une larme d'Anglais vaut une cataracte de Français.

» Alors, il m'a été permis de voir ta fiancée. Mes
yeux habitués à voir ma belle Ursule, s'extasient
rarement devant d'autres femmes; mais cette fois,
mes yeux ont été éblouis. Angélina est une de ces
beautés anglaises qui reproduisent l'effet d'un coup
de soleil de l'équateur à midi; elles peuvent donner
l'ophthalmie. On devrait les regarder avec des lunettes vertes. Elle m'a converti à la religion païenne
de la blonde. J'ai cherché l'autel de la brune Pallas
pour apostasier en publie. L'or se fait cuivre devant
ses cheveux; la pêche perd sa teinte savoureuse
devant sa joue; l'ivoire devient terne devant sa blancheur. Elle a parlé très-peu, mais l'expression de
sa figure m'a fait un long discours en ta faveur. Tu
es aimé, heureux Edgar!

» Demande-moi encore des services d'amitié, mais
bien difficiles, et tu me trouveras prêt à toute heure.
Si je t'en rendais mille, je ne me croirais pas quitte

. envers toi. La véritable reconnaissance ne s'acquitte
jamais envers le premier bienfaiteur.

» Ton fraternel ami,

» URBAIN.

» *P. S.* J'ai trouvé à Zoological-Garden de Liverpool, une très-belle espèce de *vespertilio* tigré ;
c'est une admirable imitation florale du papillon de
nuit, Ici, avec de l'argent, on achète tout. Le préposé m'a dit, ou m'a fait comprendre, moitié français, moitié anglais, qu'il n'avait pas le droit de
vendre des fleurs, mais que chacun avait le droit de
les cueillir, en laissant une feuille de cinq livres sur
la feuille coupée. Alors, j'ai coupé le *vespertilio* devant le préposé qui fermait les yeux, et j'ai déposé
mon *five-pounds*. Je suis désolé que la même probité ne se retrouve pas au Jardin des plantes de
Paris. Ma collection serait beaucoup plus riche aujourd'hui. Il faut vraiment que le bonheur de te
serrer les mains soit bien grand, puisque je quitte
une ville, où se trouve un pareil jardin zoologique.
Comme je saurais bien employer quinze jours à Liverpool, dans sa ville haute de *Copperas-Hill !* Tu
me sauras gré de ce sacrifice, n'est-ce pas, cher
Edgar ?

» U... »

XI

Lo Machiavel de l'amour.

L'hôtel d'Urbain montre sa façade sur la ligne
opulente du faubourg Saint-Honoré, et se continue,
par ses jardins et ses petites fabriques de fantaisie,
jusqu'à la lisière des Champs-Élysées. Deux kiosques
élégants s'élèvent de ce côté sur le mur de clôture
et encadrent le portail.

Un billet respectueux, écrit par Edgar, a ouvert
secrètement l'un de ces kiosques au jeune comte.
Torturée d'ennui, la belle Ursule n'a pas cru devoir
refuser un visiteur qui s'exprimait ainsi :

« Madame,
» Vous savez tout l'intérêt que je porte à une
» belle recluse, et songeant à vous, par habitude,

» je crois que vous êtes dans une inquiétude mor-
» telle au sujet de votre mari. A l'instant même, je
» reçois une lettre de lui, mais toute confidentielle ;
» je m'empresse de vous donner cette nouvelle, et,
» si vous désirez mieux, vous n'avez qu'à m'ac-
» corder l'honneur de cinq minutes d'entretien. Je
» sais qu'Urbain ne vous a pas écrit ; un pareil
» oubli s'explique par les habitudes du mariage,
» mais au fond il n'a rien de bien criminel.

    » Si ma proposition est acceptée, je trouverai
» ouverte la porte de votre jardin, en passant aux
» Champs-Élysées, dans un quart d'heure.

       » Votre bien respectueux serviteur,

          » Comte EDGAR. »

Ursule était assise sur une étroite causeuse, faite
pour les monologues de la pensée ; sa toilette, d'un
négligé plein de soin, semblait avoir une légère
prétention ambitieuse ; elle tenait à la main un de
ces livres richement reliés qu'on ne lit pas, et qui
servent de contenance aux mains oisives et d'orne-
ment au tapis des guéridons.

Des vitres de toutes couleurs faisaient étinceler
toutes les nuances de l'arc-en-ciel dans ce petit
buen-retiro, de forme octogone, et cette auréole

lumineuse flottant autour de la tête d'Ursule, donnait
à sa beauté un caractère divin.

Ursule, qui savait son métier de grande dame,
ne se leva pas; elle fit un salut amical au jeune
visiteur, lui désigna un fauteuil, et lui dit en
riant :

— Il paraît, monsieur le comte, que vous avez
gagné ce que j'ai perdu... les bonnes grâces de mon
mari... Vous voyez que j'ai foi dans votre parole
de gentilhomme; vous m'annoncez une lettre de
mon mari, c'est incroyable, et je l'ai cru.

— Madame, dit le comte, votre confiance m'ho-
nore, et je m'en crois digne... Voici la lettre d'Urbain.

Ursule étendit la plus blanche des mains de com-
tesse pour saisir nonchalamment la lettre; mais
Edgar la serra sous son menton avec un geste de
respectueux refus, et dit :

— Madame, une lettre est le plus sacré de tous
les dépôts, le plus inviolable de tous les secrets.
Votre noble esprit comprendra ma délicatesse; et
si je m'expose à vous déplaire, en vous refusant la
complète communication de cette lettre, c'est que je
trouverais le remords d'un crime au fond d'une
pareille trahison.

— Je comprends ! dit Ursule d'un ton sévère.

Et elle se leva, comme une reine en colère, qui va foudroyer de sa disgrâce un coupable favori.

— Madame, dit Edgar d'un ton naïf, que comprenez-vous ?

— Je comprends, monsieur, que vous avez employé une ruse maladroite et coupable, pour entrer chez moi, en l'absence de mon mari ! Vous m'avez attirée dans un piége... Je m'en doutais... et j'avais pris mes précautions... Ainsi, je ne vous crains pas... Mais une déloyauté me révolte, et si j'avais ce matin le moindre sentiment affectueux pour vous, il s'évanouit et se change en haine devant un procédé si odieux... Eh bien ! monsieur... vous restez assis !... A votre tour, vous devriez comprendre... Vous ne comprenez pas ?... Vous voulez contraindre une grande dame à trouver la périphrase polie qui veut dire : Sortez ?.

A cette foudroyante sortie, que le jeune comte attendait, la figure du Machiavel de l'amour se donna subitement une contraction de douleur aiguë, que les grands tragiques étudient trois mois au miroir, pour émouvoir le public, à raison de cinq francs la stalle. Un cri strident, mais comprimé avant la première note, suivit le jeu de physionomie ; un *ah !* de surprise accablante suivit le cri.

— Ah ! madame, poursuivit-il, de quel infâme soupçon vous flétrissez un gentilhomme ! Quoi ! cette lettre que je tiens serait comme une fausse clef dont je me servirais pour m'introduire chez vous frauduleusement !... Eh bien ! madame, je n'hésite pas à commettre un crime en amitié pour me justifier à vos yeux... Vous connaissez l'écriture de votre mari... C'est une de ces écritures franches qui défient le plus habile contrefacteur, surtout pour un faux de quatre grandes pages ; voilà cette écriture sur cette adresse, avec les hyéroglyphes de la poste, les timbres anglais et les dates du départ et de l'arrivée. Liverpool, Calais, Paris... Je pourrais me borner à cette justification évidente ; j'irai plus loin ; l'amour est mon excuse ; je soulèverai un coin du voile qui couvre les secrets de cette lettre. Mais n'exigez rien de plus, madame ; je ne ferai pas davantage, je ferai moins, je me tuerai à vos pieds.

La voix du comte avait trouvé la gamme de la persuasion ; Ursule était si belle en ce moment, que le jeune Edgar chantait la musique de sa passion sur des paroles étrangères à l'amour.

Il chercha d'un œil égaré dans la lettre ouverte le passage qui pouvait soulever un coin du voile, et, l'ayant trouvé avant de le chercher, il dit :

— Lisez ceci, madame... c'est suffisant. *Cette fois mes yeux ont été éblouis. L'adorable Angélina est une de ces beautés qui produisent l'effet d'un coup de soleil à l'équateur ; elles donnent l'ophthalmie. On devrait les regarder avec des lunettes vertes. Elle m'a converti à la religion païenne de la blonde. J'ai cherché l'autel de la brune Pallas pour apostasier en public. L'or se fait cuivre devant ses cheveux; la pêche perd sa teinte savoureuse devant sa joue; l'ivoire devient terne devant sa blancheur*, etc., etc. Quatre pages dans ce genre! Je déchire cette lettre en mille morceaux, et j'en jette la cendre au vent.

Il dit et fit la chose avec une merveilleuse promptitude, et les débris de la lettre s'envolèrent par la persienne du kiosque.

Ursule tenait sa bouche ouverte, comme la statue de la Stupéfaction, et regardait le comte Edgar avec des yeux qui ne sont pas exposés en peinture dans les galeries du Louvre et du Luxembourg.

Edgar jouait en comédien parfait, le personnage d'un homme vertueux qui vient de commettre une grande faute, et qui reste comme foudroyé sous le poids de son accablement. Parfois une éclaircie de sérénité traverse le visage de ce coupable du boulevard; cette lueur signifie : — Mon excuse, c'est mon amour!

Mais comme les pantomimes ne se prolongent qu'à l'Opéra, dans un ballet d'action, la parole arrive bientôt dans les drames du monde réel.

— Monsieur le comte, — dit Ursule, avec des intermittences de suffocation, — vous êtes un noble ami... un noble cœur... Il y a deux mots qu'une absurde fierté supprime toujours sur la lèvre... Eh bien! j'ai le courage de les prononcer, moi... J'ai tort.

— Oh! madame! s'écria Edgar en se précipitant à genoux devant Ursule.

Il prit la main que la jeune femme lui abandonna et la couvrit de baisers ardents, qui semblaient se mêler à des larmes.

— Relevez-vous, comte Edgar, dit Ursule avec cette voix pleine de douceur qui signifie : ne vous relevez pas.

Edgar continua de verser des baisers sur la belle main, et Ursule s'assit pour faire ce monologue :

— On reçoit, dans les mauvais rêves, des lettres impossibles, écrites on ne sait par qui, arrivées on ne sait d'où, racontant on ne sait quoi... Eh bien! comte Edgar, vous venez de me montrer une de ces épîtres fantômes... la première sans doute qu'un rayon de soleil ait éclairée... à chaque ligne, je ne croyais pas; alors je lisais moi-même, après vous,

et je croyais .. je croyais l'incroyable ! un mari qui
se révèle tout à coup à moi comme un homme nouveau !... un homme amoureux, passionné, infidèle,
courant après les blondes au bout de l'Angleterre !
faisant des phrases de roman ; peignant des portraits
où la pêche, l'or, l'ivoire fournissent les couleurs !
puis, visant à l'esprit comme un journaliste en
voyage ! C'est à confondre mon humble imagination
de femme ! c'est à brûler mon front d'insomnie,
pour trouver le mot énigmatique d'une si prompte
et si étrange transformation !

— Les voyages forment la jeunesse, dit Edgar
en se relevant et avec le ton d'un citateur de pro-
verbes.

— Je le crois, reprit Ursule ; mais d'abord il faut
apporter des dispositions à la métamorphose, et ce
pauvre M. Urbain était encore, l'autre jour, un botaniste primitif, amoureux des roses, n'ayant des
yeux que pour les beautés végétales et mortes, pour
les fleurs empaillées ! Il daignait quelquefois m'ho-
norer d'un regard, quand j'épinglais une marguerite
sur mon chapeau de jardin. Je devais ce regard à
la marguerite ! Puis, un beau matin, il s'esquive et
va herboriser chez les blondes, et s'improvise Lo-
velace au pays de Richardson ! Ce n'est rien encore,
et il faut tout dire. Ce mari, modèle des maris

froids, mais fidèles ; cet homme , modèle des hommes nuls , mais bons , arrive du premier coup à la
perfidie extrême sans passer par le premier mensonge ; il est à Liverpool , aux pieds d'une fadeur
anglaise, et il m'écrit un billet d'Anvers et m'envoie
un bouquet exotique de notre jardin belge ; par
malheur !... oh! ceci est comique !... et j'y ai gagné
un rire nerveux...

Ursule éclata de rire , mais son regard était sérieux : le rire des fous. Rien n'est triste à voir
comme cet accès de gaieté chez les femmes : c'est le
symptôme révélateur d'une pensée de vengeance;
l'éclair de la foudre domestique ; l'adieu déchirant
donné au devoir.

Edgar attendait la révélation promise par cet accès de gaieté menteuse, et son regard suppliait le
regard d'Ursule.

— Il y a un Dieu pour trahir les trahisons ! reprit
enfin Ursule ; un employé du chemin du Nord...
c'est-à-dire un faux employé, un Auvergnat de Nor-
mandie, un masque de carnaval, m'apporte le bouquet d'Anvers , et sur l'enveloppe de papier cousue
à la tige, je lis la réclame circulaire de Léclancher,
avec son adresse et le refrain obligé : *fait les expor-
tations !*

Edgar joua un mouvement de surprise et d'indignation.

— Oui, comte Edgar, poursuivit Ursule, ce bouquet d'Anvers était de Paris !

— Il était de Paris ! s'écria Edgar en joignant ses mains au-dessus de la tête.

— Vous êtes indigné, je le vois, comte Edgar, reprit Ursule, et ce sentiment sincère que vous éprouvez me fait du bien, me soulage un peu le cœur...

Edgar profita de l'occasion pour prendre les deux mains d'Ursule et il les baigna de caresses.

— Comte Edgar, — poursuivit Ursule, arrivée au paroxysme de l'irritation ; — un instant, un seul instant a perdu, ce malheureux Urbain ; un dessert de folie, une fanfaronnade de champagne... Vous avez été, ce soir-là, vous, comte Edgar, superbe de dédain et de silence, à cette table de convives fous. J'ai entendu toutes les voix, excepté la vôtre ; j'ai entendu ce toast porté par Urbain à ce chansonnier du Caveau, à cet Anacréon de l'adultère, à ce vieillard de la chaste Suzanne ! Urbain s'est associé à ces infâmes refrains qui sont l'apothéose des épouses et des mères infidèles ! A ce concert de célibataires qui vouent au ridicule les maris, et n'exceptent aucune tête de la proscription générale ! Eh bien!... Dieu a retenu ma langue ! ce que j'allais dire ne sera jamais dit !

Ursule laissa tomber sa tête en arrière sur la causeuse, et pleura.

Edgar se mit à l'écart, comme pour respecter une noble douleur.

Cette nuance délicate produisit le plus favorable effet.

Après un long silence, Ursule essuya ses larmes, avec cette brusquerie qui annonce le regret de les avoir versées, et dit au comte Edgar :

— Je vous remercie encore du touchant intérêt que vous avez donné à ma douleur. Ces larmes que vous avez vues, je n'aurais pas dû les donner à mon passé qui est irréprochable, ni aux fautes d'un autre, fautes qui ne sont pas les miennes ; mais, toute réflexion faite, je suis heureuse d'avoir pleuré... j'ai pleuré sur mon avenir.

— Mais votre avenir sera meilleur, Ursule, — dit Edgar, avec une voix remplie de cette ineffable mélodie qui vient de l'amour pur, comme de l'ardeur profane. Hélas ! la plus subtile des oreilles ne peut faire cette distinction.

Edgar avait cru pouvoir hasarder sans péril, ce terrible *Ursule* que, pour la première fois, *madame* n'accompagnait pas.

Il s'attendait à un léger mouvement de surprise ; Ursule parut accepter le nom sans le titre, avec une indifférence qui était une approbation.

— Comte Edgar, dit Ursule avec une voix amicale et un sourire charmant, j'ai besoin de repos ; ces émotions ne sont pas dans mes habitudes, et un peu de solitude me fera du bien.

— Vous avez vu quel respect j'ai donné à votre douleur ?

— Oui, oui, répondit la jeune femme, sur un ton affectueux.

Et elle ajouta, en souriant, et la main tendue :

— Aussi, je ne donne congé qu'à moi-même, cette fois... et...

— Et, interrompit Edgar, quand me rendrez-vous le bonheur de vous revoir ?

— Mais bientôt... Vous êtes un habitué des Champs-Élysées... On se salue en passant... aux heures convenables... Ce kiosque est mon salon de lecture et de méditation.

— Adieu, madame ; adieu... chère Ursule... Que de choses j'avais à vous dire, et...

— Adieu, comte Edgar, — dit la jeune femme.

Interruption qui signifiait : Gardez ces choses pour une seconde visite ; vous avez fait trop de progrès dans celle-ci.

Le comte, en sortant, se donna une attitude lente
et une démarche modeste pour déguiser sa joie de
triomphateur.

Deux minutes après son départ, Ursule agita la
persienne du côté du jardin, et une femme s'élan-
çant de l'autre kiosque vint remplacer Edgar sur son
fauteuil. C'était Marie Vertbois.

— Tiens! dit-elle, touche ma main ; j'ai la fièvre.
Enfin il est parti!

— Tu as donc entendu notre conversation? demanda Ursule.

— Je n'en ai pas entendu un mot. C'est égal, la
moindre chose m'agite, moi. J'ai entendu rire ou
pleurer ; les larmes et le rire font le même effet de
loin. C'est peut-être la même chose de près...
Voyons, dis-moi, parle, raconte ; tu me parais bien
émue, toi, aussi! je suis altérée de nouvelles.

Alors Ursule fit le récit attendu, en n'oubliant aucun détail. Les femmes excellent dans ces rapports.

— Tu ne conclus pas? demanda Marie, après
un moment de silence.

— Mais... il me semble que...

— Eh bien! interrompit Marie, je vais conclure
pour toi.

— Voyons tes conclusions.

— Ce jeune homme est amoureux fou de toi, et

10

toi... toi, Ursule... Tout le reste m'est parfaitement
égal. Ton mari fait ce que fait la moitié des maris;
il a du faisan chez lui, et il veut goûter du canard
ailleurs. Il a une bonne fortune anglaise, et il la
confie à un ami. C'est toujours comme ça. Il y a des
hommes qui sont heureux du bonheur qu'on leur
prête, et qui se soucieraient fort peu d'avoir des mai-
tresses, si le monde devait toujours ignorer qu'ils en
ont. Louis XIV était de ceux-là; mon jardinier en est.
Urbain n'aurait pas été heureux s'il n'eût pas écrit
son bonheur à Edgar. Au fond, Ursule, tout cela t'est
bien égal aussi; tu n'aimes pas Urbain, il est vrai
qu'il n'est guère aimable, ton Arthur! j'en conviens;
mais un mari est mari, malgré tout, malgré...

— Malgré une infidélité flagrante! interrompit
Ursule, avec feu.

— Malgré tout! te dis-je; ce mari aura toujours
cette excuse à te donner, si tu voulais lui rendre
œil pour œil, front pour front. Cette fameuse excuse :
Je suis en Angleterre, moi, à Liverpool, au bout du
monde, avec une Paméla quelconque; eh bien! ma
famille parisienne ne craint pas de voir entrer un
supplément illégitime; tandis que toi, tu ne voyages
pas, et... N'allons pas plus loin; il y a une appa-
rence de bon sens dans ce raisonnement, et les
maris sont si heureux de l'avoir trouvé, qu'ils n'ac-

corderont jamais le droit de représailles à leurs
femmes.

— Ainsi, tout leur est permis à eux, et à nous
rien? dit Ursule.

— Tu résumes ainsi la discussion, Ursule; ils ont
fait notre code et nous n'avons pas fait le
leur. Ainsi, tu as répandu beaucoup de larmes, tout
à l'heure, ma pauvre Ursule. Ces larmes ont une
parole, une signification ; je comprends ce qu'elles
disent en coulant sur tes joues. Oui, ma chérie, tu
aurais voulu vivre heureuse, aimante, aimée, comprise, dans une de ces demeures somptueuses, où
le bonheur est le seul meuble de luxe qui soit oublié ;
ton destin ne l'a pas voulu. Ces riches tentures du
dedans, ces beaux arbres du dehors, ces salons de
velours, ces terrasses de fleurs, tout cela est triste à
tes yeux comme un coin du Père-Lachaise, parce
que l'amour, c'est-à-dire la vie, n'est pas là. Et tu
pleures sur cet absent, comme pleure sur son grabat
la femme indigente qui manque de pain. Votre détresse est la même...

— J'aime mieux l'autre, interrompit Ursule,

— Oui, je comprends, Ursule, l'aumône arrive,
et le pain se trouve. La pauvre femme ne pleure
plus ; mais toi, si le bonheur arrive avec son aumône, avec sa fausse monnaie de consolation, avec

son remède qui est un crime, tu ne seras pas joyeuse
comme la mendiante; tu n'auras fait que chan-
ger d'infortune; à tes anciens ennuis tu ajouteras les
remords. Et voilà pourquoi tu pleures ; c'est un à-
compte de larmes que tu donnes déjà au désespoir
de ton avenir.

— Oui, oui, dit Ursule; je le sais, ma bonne
Marie.

— Tu le sais, et tu n'ajoutes rien?

— Qu'ai-je à te dire de plus? je t'approuve.

— Voilà tout, Ursule ?

— Oui, voilà tout.

— Ainsi, ma chère Ursule, la moitié de ton malheur ne te suffit pas?

— Non.

— Tu le veux complet?

— Oui.

— Ah! cette fois, du moins, Ursule, tu as le mérite de la franchise brutale. La fermeté de ta résolution est écrite dans ton regard. Tu veux jouer à
l'adultère, par ennui, et par vengeance. J'ai épuisé
tous les raisonnements, depuis dimanche dernier,
pour te maintenir dans la vie honorable; il me reste
à te faire une révélation.

— Révèle, j'écoute et je persiste.

— Ursule, tu as lu beaucoup de romans, de dra-

mes, de comédies, où l'adultère joue un rôle. Les
écrivains semblent avoir épuisé toutes les données
de ce crime, et toutes les plaisanteries de ce passe-
temps. Dimanche dernier encore, nous avons entendu nos convives s'égayer sur le... mariage qui,
dans leur bouche, recevait un autre nom... Eh bien !
Ursule... Ursule, dans tout ce que tu as lu, dans
tout ce que tu as entendu, une chose a été ou-
bliée...

— La punition? répondit Ursule; le coup de poignard du mari?

— Non, Ursule, non ; ce coup de poignard est partout; Zaïre et Othello n'ont corrigé personne. Ma
révélation serait trop vulgaire si je te menaçais de
la vengeance de ton mari... il s'agit d'autre chose...
Écoute... c'est horrible !... et les moralistes de l'a-
dultère n'en ont jamais parlé...

En ce moment, deux éclats de rire, doux à l'o-
reille comme un duo de rossignols, retentirent sous
les arbres du jardin.

— Elles arrivent de la promenade, dit Marie.

Et elle souleva la persienne du côté de la pelouse
pour regarder ses deux petites-filles, deux merveilles de beauté.

Deux chérubins de dix et onze ans, miniatures de
leur mère, voltigeant comme des filles de l'air échap-

10.

pées du collége des sylphides ; secouant leurs man-
ches de gaze blanche comme des ailes, et leurs che-
velures blondes comme des auréoles d'or ; heureuses
de vivre, de jouer, de courir, de parler, de rire en
cueillant les fleurs, en chassant aux papillons, en
lutinant les oiseaux des volières ; deux de ces adorables créatures qui ont fait inventer les anges par
l'homme, un jour que l'homme avait oublié de se
regarder.

Marie contemplait ce tableau de jardin avec une
sorte de tristesse ; ce n'était pas la mère *qui se ré-
jouit de ses enfants,* la mère dont parle le Psal-
miste, *matrem filiorum lætantem.*

— Que tu es heureuse d'avoir ces deux anges
gardiens ! dit Ursule avec une voix désolée.

— Ursule, dit Marie sur le même ton, c'est la
première fois peut-être que le plaisir de voir mes
deux filles est mêlé d'amertume. . Bientôt elles seront femmes, et notre monde sera moins habitable
encore pour nos enfants. Ursule, un souvenir vient
de me traverser l'esprit... Un jour, à Juvisy, dans
le parc de ton père, je te vis joyeuse, vive,
charmante, courir sur la pelouse comme font
mes petits anges dans ton jardin ; tu avais leur
âge, et tu paraissais entrer dans la vie par la porte
d'ivoire...

— N'achève pas, interrompit Ursule, je comprends trop.

Les deux amies s'embrassèrent en mêlant leurs larmes et leurs caresses, pendant que les éclats d'une gaieté enfantine réjouissaient le jardin.

Après un moment de silence:

— Chère Marie, dit Ursule, tu m'avais annoncé une révélation... une chose horrible, une...

— Oh! pas aujourd'hui! pas aujourd'hui! interrompit Marie, si je te disais cela en ce moment, ma lèvre souillerait cet air tout rempli d'un parfum d'innocence, et je n'oserais embrasser mes filles. La parole impure laisse quelque chose sur la lèvre... Ursule, ce soir je ramène mes deux anges à leur pensionnat de Neuilly. J'y passerai quelques heures; l'institutrice, Mme Vandelge, reçoit aujourd'hui, et d'ailleurs il faut que je cause un peu avec elle... On a tant de recommandations à faire dans un pensionnat... Il n'y a pas, je pense, péril à demeure, ce soir... n'est-ce pas, Ursule?... Tu me réponds par un sourire triste comme une larme... je réponds pour toi, il n'y a pas urgence dans le péril... je suis tranquille... Demain, à ton lever, je te ferai ma... révélation... Descends-tu au jardin?

— Non, Marie... je reste.... pour réfléchir... va,

va, heureuse mère si bien gardée, va embrasser tes
deux anges, et dis-leur de prier pour moi.

Marie descendit au jardin et donna la fin de sa
journée à ses enfants.

Quand la nuit tomba, Ursule était seule, et elle
remonta au kiosque pour respirer la fraîcheur des
arbres. Pas une ombre élyséenne ne se montrait
aux environs.

Tout à coup une forme humaine se dessina sur
un fond noir, dans une pâle éclaircie de gaz; elle
n'avait point la démarche insoucieuse du passant,
ni l'allure lente et méthodique du promeneur. Ses
mouvements brusques annonçaient une intention
suspecte; et la stratégie des précaution minutieuses
semblait diriger tous ses pas. Cette forme traversa
trois fois l'allée, devant le kiosque, et la persienne
ne se baissa pas et la porte s'ouvrit comme d'elle-
même, comme la porte d'un sépulcre qu'un invisible
fantôme ouvrirait dans la nuit.

XII

Le lendemain

Brigitte, femme de chambre intelligente, c'est-à-dire femme de chambre, avait déjà dit trois fois, et à voix basse, à Mme Verbois :

— Madame dort encore ; elle n'a pas sonné.

— Mais il est dix heures, répliqua cette fois Marie.

— Pas encore.

— Sonnées... Ordinairement elle est au jardin, à sept heures, devant la volière... Serait-elle indisposée ?

— Oh ! non... elle aurait sonné.

En disant ces réponses, Brigitte ne regardait jamais Mme Vertbois en face ; elle allait, venait, tournait sur elle-même, en mettant en ordre, dans l'antichambre, les meubles qui n'étaient pas dérangés.

— Ceci est grave! dit Marie à voix basse.

— Si madame veut aller faire un tour dans le jardin, reprit Brigitte, j'irai l'avertir au premier coup de sonnette.

Marie était posée immobile devant la vitre de la fenêtre, et ne regardait rien, elle réfléchissait.

Enfin, elle secoua vivement la tête, comme pour en chasser une pensée folle, et dit à Brigitte, en marchant vers la porte de la chambre d'Ursule :

— Ma foi, tant pis! j'entre pour la réveiller; il est indécent de dormir à dix heures, en été.

Elle s'attendait à se voir barrer le passage par Brigitte; mais la camériste répondit par un haussement d'épaules, et continua son travail d'oisiveté.

Marie ouvrit la porte avec précaution, la referma sans bruit, et le bruit de ses pas étant amorti par le tapis épais, elle arriva jusqu'au chevet d'Ursule sans la réveiller.

Un crépuscule élyséen régnait dans l'alcôve de la déesse de ce temple; une vapeur d'iris embaumait l'air ; un souffle cadencé doucement troublait seul le silence. Ursule dormait, comme aux premières heures de la nuit, lorsque le sommeil est un besoin inexorable. Un de ces mauvais rêves qui suivent les

mauvais jours semblait avoir dévasté sa chevelure
qui se déroulait en arabesques noires sur la blancheur
des draps de Frise, en donnant au lit le sinistre
aspect d'un tombeau. L'œil d'une femme pouvait
remarquer une certaine recherche de toilette nocturne dans le choix d'un point d'Alençon, échancré
sur le sein de la belle dormeuse. Un bras nu,
d'exquise ciselure, sortait d'un nuage de dentelles
et s'allongeait hors du lit, comme un bras de Cérès,
extrait d'une fouille d'Éleusis. La bague nuptiale
avait été détachée du doigt annulaire et déposée
sur un guéridon, entre deux bougies. Ce tableau
était à la fois triste et ravissant. L'amie d'Ursule ne
le trouva que triste. Ce bras surtout la mettait en
rêverie profonde; ce bras semblait s'être pétrifié,
après un suprême adieu.

Marie recula vers la porte et l'ouvrit avec fracas,
dans un éclat de rire qui n'avait rien de commun
avec la gaieté.

— Ce n'est rien, c'est moi! dit Marie à Ursule
réveillée en sursaut. Allons, belle paresseuse, regarde ta pendule... Onze heures moins vingt, c'est
honteux !

— Onze heures ! — dit Ursule avec effort et en
éclaircissant sa voix... J'ai passé une mauvaise nuit...
à cause de la chaleur... Marie, viens m'embrasser.

— Pas encore, dit Marie... pas encore...

— Pourquoi, Marie ?

— Parce que ce n'est pas le premier mot que j'attendais de toi... Tu cherches... tu as donc oublié, Ursule ?

— Oui... Marie... j'ai oublié... Attends... je dors encore... Qu'ai-je oublié ?

— Hier, mes deux petites filles m'ont interrompue au moment...

— Ah ! j'y suis, Marie !... Oui... tu avais une révélation. . horrible...

— Que je devais te faire à ton réveil... Eh bien : écoute, écoute, chère Ursule... et tu connaîtras le crime que commet une femme, lorsqu'elle oublie...

Une main tomba lourdement sur la bouche de Marie, et au même instant la tête d'Ursule disparut sous le drap, comme une tête de vestale sous le voile jeté par le pontife, après la profanation.

Marie retint un cri de douleur, et, lançant un regard de malédiction sur la jeune femme ensevelie dans sa honte, elle sortit de la chambre, emportant son désespoir, et n'osant respirer l'air de cette alcôve, comme si elle eût redouté la contagion.

Toutefois, avec ces facilités de métamorphoses que les femmes de trente ans trouvent sur les lignes

de leur visage, elle ne donna rien à soupçonner à
Brigitte qu'elle rencontra dans l'antichambre.

— Je viens de faire mes adieux à madame, dit-
elle, d'un ton naturel et calme.

— Ah! madame Vertbois nous quitte, dit la sou-
brette en poussant un fauteuil.

— Il le faut, malheureusement.

— Après déjeuner?

— Tout de suite, je crains de manquer le convoi.
Je dois être rendue à Saint-Denis, chez moi, à
midi. Brigitte, voilà pour un tablier.

Elle mit cinq louis dans la main de Brigitte, et
disparut.

— Pour un tablier! se dit Brigitte. Sylvain fera
une affaire avec ces cinq louis; un tablier ne produit rien.

Au même instant, Ursule sonna.

Le hasard, cet habile metteur en scène, qui
combine si bien les péripéties des rencontres, ne
permit pas cette fois que Marie se croisât dans la
cour de l'hôtel avec deux hommes qui arrivaient.

Le bras droit lié au bras gauche, Urbain et Edgar
entraient, et le premier dit à Sylvain, le valet de
chambre:

— N'annoncez pas à madame. Je veux la surprendre, ajouta-t-il en riant; c'est l'heure du déjeuner.

Edgar, j'ai une faim d'Angleterre; nous allons nous mettre à table sans la prévenir, et...

— Eh bien! interrompit Edgar, puisque madame n'est pas encore visible, je reviens à ma première idée... Adieu, nous nous verrons ce soir.

— Non pas, non pas, — dit Urbain en arrêtant Edgar avec violence, — c'est une idée que j'apporte, moi de Liverpool; nous déjeunerons tous trois, seulement, pas un mot d'Angleterre, comme c'est convenu.

— Ni de mon mariage, ni d'Angélina; ce sont des affaires de famille.

— C'est convenu, reprit Urbain; j'arrive d'Anvers... de mon jardin... et pas autre chose.

Et comme ils allaient se mettre à table, Ursule parut dans la salle, et poussa un cri de surprise, qui n'était pas joué.

Urbain ouvrit ses bras de toute leur envergure, et embrassa sa femme en criant: Nous voulions te surprendre, et c'est toi qui nous surprend. Ursule, j'ai rencontré notre ami Edgar devant sa porte, et je l'ai pris au collet en lui disant: Le déjeuner ou la vie!

— Et j'ai tout accepté, dit Edgar en s'inclinant avec respect devant Ursule.

— Je te trouve un peu pâle ce matin, dit Urbain à sa femme mais à voix basse.

— Ah! mon négligé du matin, dit Ursule en s'asseyant, n'est pas favorable, il est tout blanc, et il rend pâle.

On se mit à table.

— Qu'avez-vous fait de beau à Anvers, Urbain? demanda Ursule d'une voix nonchalante.

— Ah! je ne regrette pas mon petit voyage, dit Urbain, et je suis toujours plus content de mon jardinier Delphin; il a fait réussir, comme en pleine Chine, l'*arundo multiflora!*

— Vraiment! dit Ursule.

— Voilà un tour de force! dit Edgar; Delphin mériterait d'être Chinois.

— Il le sera, dit Urbain; à tout prix, il veut suivre une expédition en Chine, et fonder un jardin devant Bocca-Tigris; c'est son rêve.

— Mais avec quinze louis de supplément dans ses gages, on peut le retenir, dit Edgar pour dire quelque chose.

— Je ne crois pas, reprit Urbain, il tient à son idée. Comment as-tu trouvé son bouquet, Ursule?

— Superbe! et composé avec un goût exquis.

— Oh! Delphin monte un bouquet comme un artiste génois, dit Urbain; en voilà un qui ne songe pas à faire des affaires comme nos bons serviteurs de Paris.

— Et la ville d'Anvers est-elle toujours calme? demanda Ursule sur le ton le plus naturel.

— La ville est toujours la même, reprit Urbain, une ville charmante, et qui attend d'être peuplée, mais le mouvement du commerce est plus fort que jamais sur les bassins. La vie est là! j'ai passé hier deux heures en contemplation devant ce tableau ce marine. C'est admirable!

— Et la cathédrale! dit Edgar en levant sa fourchette vers le plafond.

— Oh! la cathédrale! dit Ursule, en duo de ténor et soprano.

— Je consacre toujours une visite chaque jour à ce monument, dit Urbain, sur le mode religieux; hier, avant mon départ, j'ai encore donné une heure aux deux chefs-d'œuvre de Rubens. Je n'entends pas grand chose à la peinture; mais ces tableaux me causent autant d'émotion qu'une médaille d'Antonin et Faustine du grand module. Tout se lie dans les choses d'art et de goût. Ma belle Ursule, à mon premier voyage à Anvers, tu m'accompagneras, j'espère bien.

— Oh! quel bonheur! dit Ursule en simulant une joie enfantine.

—Le faubourg a beaucoup gagné, reprit Urbain ; les constructions nouvelles sont charmantes; un peu trop voisines les unes des autres, peut-être. Quand je suis chez moi, j'aime à être chez moi; je ne veux pas être chez mon voisin, et je ne veux pas que mon voisin soit chez moi. Mon cottage est isolé comme une île au milieu d'un lac. Point d'espions autour de moi, c'est-à-dire point de voisins, n'est-ce pas, Ursule ?

La jeune femme approuva d'un signe de tête, et se leva.

— Messieurs, dit-elle en riant, je vous permets de rester à table si cela vous convient; moi, je vais m'habiller et promener ma migraine au bois...

— Un peu de migraine, toujours? demanda Urbain sur un ton affectueux.

—Oh! ce n'est plus rien; c'est son dernier quartier.

— Tu vas seule au bois? Et Marie, qu'est-elle devenue ?

— Elle est repartie pour Saint-Denis...

— Tu sais, Ursule, que notre ami Edgar est enthousiasmé... laisse-moi donc finir, Edgar!.. est enthousiasmé des charmes blonds de ta belle amie.

— Ah! M. le comte est connaisseur, dit Ursule.

— Je remarque , dit Edgar, que depuis quelque

temps Urbain cultive la fine fleur de la plaisanterie avec succès. Habitude de botaniste.

— Messieurs, à bientôt, dit Ursule en riant.

Et elle sortit de la salle en fredonnant un air inédit.

— Tu vas fumer ton cigare dans le jardin, dit Urbain à Edgar ; fais comme chez toi... c'est une demi-heure de plus que nous passerons ensemble... Ursule serait furieuse si je ne l'accompagnais pas au bois... J'irai faire un petit bout de toilette... Eh bien !... parlons bas... elle m'a fait un accueil charmant, n'est-ce pas ?

— Oh ! charmant ! dit Edgar.

— Pas une ombre de rancune... n'est-ce pas ?

— Pas une ombre.

— Ni trop empressée, ni trop retenue, n'est-ce pas ?

— Oui, Urbain.

— Si nous avions été seuls, elle m'aurait sauté au cou.

— Probablement.

— J'ai vu cela dans ses yeux.

— Moi aussi, Urbain.

— Ces quelques jours de solitude l'ont mise en réflexion, n'est-ce pas, Edgar.

— Oui, elle paraît avoir réfléchi.

— Au fond, Ursule a un naturel excellent; elle est une de ces femmes qui reconnaissent un tort.

— Femme rare !

— Très-rare, Edgar... Et maintenant me voilà arrivé à la réalisation de mon rêve, le complément de ma fortune. Une femme charmante, et un ami sincère... Edgar, laisse-moi te serrer la main... Viens, je vais te présenter à mes arbres, à mes fleurs, à mes oiseaux, à mon Versailles du côté des jardins.

En sortant de la salle, Urbain trouva Silvain sur l'escalier, et lui dit :

— Dites à Brigitte de monter chez madame, et faites atteler ma victoria.

Brigitte monta de l'office, et Silvain, croyant encore être entendu, prit le ton le plus sérieux pour transmettre à la caমériste les ordres d'Urbain. Brigitte répondit avec le plus grand respect ; mais quand ils se furent assurés qu'ils étaient seuls, Brigitte changea de maintien et de voix, et dit à Silvain :

— Que faut-il faire de cinq bons louis d'or qui tombent du ciel ?

— Attends, Brigitte... Ces cinq louis... sont honorables, au moins ?

— L'or est toujours honorable.

— Comment appelles-tu ce ciel qui les a fait tomber ?

— Madame Vertbois, vilain jaloux.

— Maintenant, laisse-moi réfléchir... il y a une affaire.

— Vite, voyons l'affaire ; madame m'attend.

— Sainclair, le valet de chambre du marquis, m'a parlé d'une superbe pendule qu'on aurait à l'hôtel des ventes pour cent francs, et qui peut se revendre avec deux louis de bénéfice dans un hôtel garni qui s'ouvre rue Louis-le-Grand.

— Deux louis de bénéfice; je ne me contente pas de ça!... que fait la rente?

— La rente à des dispositions à la hausse, m'a dit Sainclair.

— L'écart des primes de deux sous est-il fort?

— Vingt centimes d'écart, et les consolidés anglais sont arrivés en hausse.

— Silvain, le moment est bon, achète des primes...et...

— Madame sonne, Brigitte.

— Laisse-la sonner, elle a besoin d'amusement.

— Brigitte, tu avais commencé quelque chose, avec un air mystérieux...

— Oui, écoute Silvain, si tu réussis dans cette affaire, je te promets une récompense.

— Le mariage ?

— Pas de bêtises, Silvain, il s'agit de récompense honnête.

— Voyons, Brigitte.

— Je te promets de te dire à l'oreille, mais avec le souffle, et sur la foi du serment... tu jureras ?

— Je jurerai.

— De te dire une chose qui te fera ouvrir des yeux comme des lucarnes, et qui te fera ramasser tes bras qui tomberont... Achète des primes. Madame casse la sonnette. Adieu.

Cependant Urbain, faisant son métier de propriétaire, montrait en détail à Edgar toutes les raretés de son jardin ; arrivé devant les kiosques, il lui dit : voilà deux petites fabriques qui m'ont coûté fort cher, et qui ne servent que d'ornements. Ursule n'y a jamais mis le pied ; quand tu auras épousé ta belle Angelina, les deux femmes, qui seront deux amies, viendront broder, en causant, dans l'un de ces kiosques ; nous les remettrons à la mode..... Es-tu bien aise de les visiter, Edgar ?

— Non pas aujourd'hui, dit Edgar, en regardant sa montre ; j'ai mon courrier de Londres... trois lettres à écrire...

— Veux-tu les écrire dans mon cabinet ?

11.

— Y songes-tu ?... ta femme pourrait entrer... il faudrait faire du mystère... Je dois tenir mon mariage secret, au moins quinze jours. Je crains les ennuyeux, les donneurs de conseils, les mauvais plaisants, que sais-je ! Quand je serai marié, je ne craindrai plus rien...

Silvain s'approcha, et présenta une lettre sur un plateau d'argent. Urbain l'ouvrit et la lut :

— Bien ! dit-il, il y a séance ce soir à la société de botanique, et je dois faire mon rapport sur la fleur yucatèque, nommée *Mac-pal-xochitl*. Voilà ma soirée prise jusqu'à minuit.

— A demain, si je ne suis pas parti pour Londres, dit Edgar ; adieu, cher Urbain.

Les deux jeunes gens se séparèrent, après avoir échangé toutes les formules de la plus sincère amitié.

XIII

Lettre d'Edgar

CHAPITRE DES PRÉCAUTIONS INFAILLIBLES

« Mon adorée Ursule,

» Notre union doit vivre ce que nous vivrons ; rien ne peut la briser, c'est le mariage de l'amour. Nous nous sommes proposés l'un à l'autre, nous nous sommes acceptés. Personne ne s'est mêlé de l'affaire ; personne n'a signé à notre contrat pour diminuer la valeur de nos signatures; aucun officier public ne nous a imposé la fidélité, avec un article du Code. N'ayant rien juré devant les hommes, nous tiendrons ce que nous avons juré devant nous.

» Mais ne nous dissimulons pas aussi les incon-

vénients de notre position. Tout n'est pas âge d'or
dans notre civilisation de fer. La loi naturelle n'est
pas connue des avocats et des tribunaux ; la liberté
de la vie n'est pas comprise des voisins, des jaloux
et des espions. Chaque fenêtre qui s'ouvre fait ouvrir un œil ; chaque pas, avancé dans l'ombre, fait
ouvrir une oreille ; toute imprudence de la veille
est un remords le lendemain. Évitons la veille tout
ce qui a perdu les autres, et le lendemain ne nous
perdra pas.

» Les lettres, d'abord ; oh ! les lettres ! celle-ci est
la première et sera la dernière : il faut toujours en
écrire une pour dire qu'on n'en écrira plus. En général, les époux non mariés, ont la manie épisto-
laire ; c'est un roman de Rousseau qui a mis, au
moyen de la poste, cette épidémie en circulation.
Les avocats ont beau lire, à toutes les cours d'assises, des lettres adultères trouvées dans des tiroirs ;
les journaux charitables ont beau avertir le jeune
public de se tenir en garde contre les tiroirs, en re-
produisant les plaidoyers des avocats, tout cela est
avertissement perdu. Le lendemain, une femme
reçoit une lettre dangereuse, et la serre dans le ti-
roir des avocats, comme si elle n'eût pas été avertie
par les avocats et les journaux.

» Point de lettres ! lis celle-ci trois fois, ne la dé-

chire pas ; il y a des gens qui courent après le vent
pour ramasser les petits morceaux de papier qu'il
emporte, et reconstruisent un fragment de lettre. Un
fragment de lettre suffit, pour tout perdre : l'histoire racontée dans *Zadig* n'a éclairé personne.
Éclairons-nous. Brûle cette lettre et ne jette pas la
cendre au vent, la cendre peut garder un mot.
Quand nous serons en présence de ton mari, ne faisons pas les enfantillages qui ont si souvent mis le plus
aveugle des maris sur la trace du soupçon : point de
signes d'intelligence, point de regards échangés,
point de télégraphie électrique, point de pieds ma-
nœuvrant sous les tables, point d'*a parte* drama-
tique ; rien de ce qui se fait au théâtre, où les comédiens amoureux ne craignent que les poignards
de carton. Faisons ce que nous ferions, si tu étais
laide, si j'étais vieux, et si nous ne nous connais-
sions pas.

» L'habitude du tutoiement joue bien souvent
aussi de mauvais tours aux amoureux distraits par
amour. Un simple *tu* aventuré devant un mari est
une révélation. Ce monosyllabe a la longueur d'un
volume : voici le remède de précaution. Il ne faut
jamais faire de longues phrases devant ton mari, en
ma présence, et dès que l'occasion te forcera naturellement à m'adresser la parole, tu feras précé-

der la phrase d'un léger balancement de la tête, ou
de quelques notes de toux, ou d'un léger éclat de
rire, ce qui te donnera toujours le temps de préparer ta petite phrase, en la commençant par un *vous*
qui empêchera le *tu* d'arriver même plus tard; le
premier *vous* te sera resté dans l'oreille, et tu con-
tinueras.

» Ton mari m'a déjà proposé de vous accompagner au théâtre, un de ces jours, il veut me montrer *Tartuffe*, aux Français. Soirée dangereuse ! il
suffit d'un ami lorgnant à l'orchestre, pour faire
éclore le lendemain une lettre anonyme. Voici la
conduite à tenir au théâtre, en loge. Tu lorgneras
pendant toute la pièce, les jeunes premiers, les té-
nors, les barytons, les amoureux et même les spectateurs qui se font regarder dans la salle, sous prétexte qu'ils sont beaux. Moi, debout au fond de la
loge, je lorgnerai les femmes, dans les entr'actes, je
tiendrai à deux mains le journal du soir, et je lirai
les assassinats à ton mari : toi, tu lorgneras toujours,
comme si cette lecture t'ennuyait.

» Hélas! on ne peut se passer de femmes de
chambre; ces démons à tablier sont les secrétaires
des grandes dames, elles savent tout, avant de savoir quelque chose; essayer de leur cacher une intrigue, c'est les provoquer à la divulguer : je ne

connais pas Brigitte, mais je connais l'espèce : il y
a une femme de chambre. Cette espèce est sen-
sible aux bons procédés, et aux bonnes aubaines ;
elle aime les figures et les mains ouvertes. Ne sois
pas duchesse auprès de Brigitte ; sois femme simple ;
ne serre pas tes pièces d'or dans un porte-monnaie,
donne-leur sur ton guéridon la confiance de la liberté vagabonde ; accuse quelquefois ta couturière
de t'avoir manqué radicalement une robe de matin,
pour avoir un prétexte de la donner à Brigitte : fais-
toi voler par elle si tu peux, cela réussit quelquefois, et l'espionne alors se fait muette par crainte.

» Voici une télégraphie privée qui remplace avec
avantage les correspondances épistolaires et apprend
tout ce qu'il faut savoir nécessairement.

» Ton kiosque est le plus fidèle des serviteurs
muets qui se font comprendre et ne trahissent rien.

» S'il y a des inquiétudes dans la maison, persienne ouverte à demi.

» La sérénité règne : persienne grande ouverte.

» Un vase de fleurs du côté du soleil couchant,
sur la fenêtre du kiosque : Urbain va, le soir à huit
heures, à sa Société de botanique.

» Demain Ursule va faire une promenade au bois
à neuf heures du matin : un vase de fleurs du côté
du soleil levant.

» Un petit livre : mon mari n'y est pas et rentrera
bientôt.

» Un grand livre : il est sorti, l'absence sera
longue.

» Deux gros livres : tous les domestiques sont
sortis, je suis seule.

» Signe de détresse : un vase de scabieuses. Il
faut même prévoir le signe de détresse. Quand on
s'embarque, il faut s'attendre à l'ouragan ; mais nous
sommes plus heureux que les marins, nous : la cause
des tempêtes nous est connue, et notre intelligence
maîtrise l'ouragan et brise les écueils.

» Adorable et adorée, tu me disais hier : *Je commence ma vie !* et moi, je t'attendais pour sortir de
mon néant et vivre avec toi. Notre avenir est si
beau, qu'il faut le soigner comme fait l'avare de son
trésor. Ne donnons rien au hasard, prenons-lui tout.

» Un moraliste a écrit ces deux vers :

Amour ! amour ! quand tu nous tiens,
On peut bien dire, adieu prudence.

Cet avertissement est écrit depuis deux siècles, et
La Fontaine lui-même, son auteur, fut amoureux un
jour et fut imprudent. Le mot *expérience* a été, jusqu'à nous, un mot de Dictionnaire ; on est obligé

de l'imprimer à la colonne des *exp*, voilà tout ; il ne sert pas à autre chose pour le genre humain. Donnons enfin, nous, donnons à ce grand mot une signification : profitons de tout ce qu'on a fait de mal pour faire bien. Aimons-nous et soyons prudents. Tu as inventé le bonheur, prends un brevet de l'Amour et ne rends heureux que moi.

> » Au delà de toujours,

> » Ton EDGAR. »

« *P. S.* Ah ! j'oubliais la plus importante des précautions !

» Les maris ont l'habitude de faire à leurs femmes l'éloge de leurs amants. Piége ou naïveté, il faut toujours se tenir sur ses gardes en pareil cas.

» Ne jamais parler de moi devant ton mari, c'est suspect ; en parler souvent, c'est suspect ; en dire du mal, c'est suspect ; en dire du bien, c'est suspect. Ici l'intelligence féminine doit trouver des ressources et ne peut guère être éclairée par des conseils. L'inspiration du moment est condamnée à ne jamais faillir.

» Toutefois, je te soumets quelques phrases adroites que tu peux apprendre par cœur pour t'en servir, en ces dangereuses occasions.

» Urbain te demande : — Comment trouves-tu Edgar ? — Réponds d'un air distrait, en t'occupant d'une broderie, de ta perruche, d'un ruban mal noué, d'un bouton de manchette : — C'est un jeune homme très-convenable... je le crois un peu amoureux de sa petite personne... Ou ceci : — Il est assez bien , mais je le crois un peu fat... Ou encore : — Il a vingt ans de plus que son âge ; sa conversation me plaît assez, mais je le trouve trop grave ; au reste, c'est le défaut de tous les jeunes gens d'aujourd'hui.

» S'il veut avoir ton opinion sur mes avantages ou mes désavantages physiques, tu inclines la tête à droite, puis à gauche, et tu réponds : — Je trouve qu'il a les traits trop réguliers , ce qui empêche sa physionomie d'avoir de l'expression. Il s'habille avec goût, mais avec trop de coquetterie pour un homme. M. Edgar ne serait pas mon idéal , si j'étais encore au couvent.

» Si tu trouves à placer cette dernière phrase, tu l'accompagneras d'un sourire et d'un son de voix railleur et prolongé, comme si tu la chantais sans accompagnement. Tu improviseras un air...

» Si je passe quatre ou cinq jours sans paraître chez toi, devant ton mari , n'attends pas qu'Urbain dise : — Que diable est-il devenu , cet Edgar ? on

ne le voit plus ! — Commence, toi, et dis avec non-
chalance, en t'asseyant à table : — Il paraît que
M. le comte a une passion en ville... Ou bien : —
M. Edgar doit être en voyage, on ne le voit plus...
Ou encore : — Avez-vous des nouvelles de votre
ami ? il me paraît bien inconstant...

» Je te dicte le sentiment des phrases, plutôt que
le texte même. Ton esprit trouvera mieux.

» E. »

XIV

Un docteur qui gagne cinq cent mille francs par an

> Plainte importune !
> Moi, je souris
> A l'infortune
> Des bons maris !
> CHANSONNIER DU CAVEAU.

> A. Paris,
> Le monde est sans pitié pour le sort des maris.
> CASIMIR DELAVIGNE.

> Quand on l'apprend, c'est peu de chose !
> GAI REFRAIN.

o   o   o   ⊙   •   ℮   ●   ℓ   ●   o   ℴ   ℮   ℓ   ⊘   ℮   ℮   o

•   •   •   •   •   •   •   •   •   •   •   •   •   •   •   •

•   •   •   •   •   ℴ   •   •   •   •   •   ♪   ᴄ

Il y avait foule dans l'antichambre du célèbre docteur, foule élégante, distinguée, riche, un peu pâle pourtant. On y remarquait même un duc.

— Soyez, tranquille, dit le docteur, ceci est un secret de confession.

— Je vous le jure, docteur! dit Urbain avec feu
et avec l'air de conviction d'un homme qui ne se
trompe pas lui-même et ne veut pas tromper.

— Eh bien! reprit le docteur avec tristesse, con-
cluez vous-même, puisque vous n'avez rien à vous
reprocher.

— Mais la conclusion est horrible! s'écria Urbain.

Le docteur étendit les bras et leva les yeux au
plafond.

— Admettre que ma femme est coupable! poursuivit Urbain, que ma femme est une créature
avilie! que ma femme a mis, en souriant, de l'arsenic... Oh! impossible! impossible!

— Alors, dit le docteur froidement, alors le coupable, c'est vous. Il faut choisir. Ces choses-là ne
tombent pas des nues, depuis Christophe Colomb.

— Moi! moi le coupable! dit Urbain, les mains
crispées dans ses cheveux; moi le coupable! mais
vous ne me connaissez pas, docteur! ma vie est
irréprochable. Je n'ai pas eu d'adolescence, je n'ai
pas eu de jeunesse; l'étude a été ma seule passion,
ma femme ma seule maîtresse; si j'avais eu le plus
léger caprice extra-conjugal, je vous l'avouerais
franchement ici, à vous mon confesseur médical!
Je dirai plus : oui, je regrette l'innocence de ma

conduite, parce que si j'avais eu la moindre distraction de libertinage dans ma vie, je serais, en ce
moment, heureux de m'accuser moi-même, et je
n'en serais pas réduit à la désolante extrémité d'accuser ma femme, un ange de fidélité!

— Il y a des chutes d'ange, dit le docteur, comme
en *à-parte*.

— Ainsi, docteur, reprit Urbain, un honnête
homme est exposé à cet assassinat dans son ménage?

— Hélas! oui.

— Et on ose plaisanter sur le coc...... on ose rire,
faire des chansons, des comédies, des bons mots!
Un honnête homme rentre chez lui, s'assoit à sa
table, trouve des sourires, fait sa douce veillée,
s'endort avec confiance, et un étranger, entré avant
lui, a versé du poison dans la coupe du festin con-
jugal, et l'honnête homme est assassiné sous son
toit domestique, et sa femme est complice de l'as-
sassin!

— Oh! non, dit le docteur, le crime de la femme
n'est point si grand; elle trompe, c'est déjà bien
assez; mais ce n'est point une Locuste. Pauvres
femmes! elles ignorent tout; on ne leur apprend
rien. La morale qui leur est faite dans les comédies ne sert qu'à les démoraliser sans les instruire.

Ah ! si elles avaient mon expérience de docteur, si elles savaient ce que je sais, si elles voyaient ce que je vois, elles seraient moins promptes à commettre cette stupidité qu'on nomme l'adultère ; elles resteraient fidèles à un mari quel qu'il soit, et n'iraient pas chercher auprès d'un fat imbécile, d'un metteur de gants jaunes, d'un joueur de lorgnons, ce crime bête qui n'a jamais fait le bonheur et qui empoisonne la vie conjugale et la sainte maternité !

— Très-bien, docteur, dit Urbain d'une voix émue... Mon Dieu ! qu'on est malheureux de s'instruire si tard !... Et, dites-moi, je vous prie... les lois ont-elles prévu ce genre d'assassinat domestique ?

— Non, il se confond avec l'adultère.

— Et l'adultère est-il sévèrement puni, docteur ?

— Quand il est prouvé, en justice, on peut obtenir deux ans de prison contre le coupable. Le public est très-friand de ces sortes de procès.

— Oui, je comprends, docteur, dit Urbain après réflexion, le public recherche toujours les émotions qui ne lui coûtent rien et qui coûtent tant aux intéressés ! Je ne jouerai pas un drame à son profit... Mais conçoit-on, docteur, qu'une femme s'oublie au point de commettre une si abominable action !

— Ah ! monsieur, vous dirai-je encore, si quelqu'un ne le conçoit pas, c'est moi. Troquer un homme pour un homme ! et courir la chance de... de... de... Achevez la phrase pour moi... Oui, je ne connais rien de plus criminellement stupide... Je comprendrais peut-être, jusqu'à un certain point, l'adultère dans la classe pauvre; mais dans la classe aisée, la classe qui a besoin de moi et de mes confrères, je ne le comprends pas. Il est vrai que les femmes ignorent ce qu'elles devraient savoir la veille de leur mariage, avec tout le reste. Elles connaissent le mot brutalement ignoble, qui est synonime d'adultère ; elles connaissent les termes d'argot gravés au front des maris ; elles connaissent les plaisanteries séculaires des chansons, elles connaissent l'admirable scène du quatrième acte des *Huguenots*, où l'adultère s'ennoblit de tout le feu de la passion et de tout l'idéal de la mélodie ; mais personne ne leur dit que, même des rois, des princes, des grands seigneurs ont pestiféré l'adultère et élevé cette plaisanterie à la hauteur de l'assassinat.

— Bravo ! dit Urbain, en serrant les mains du docteur... mais quel conseil me donnez-vous ?

— Je ne puis vous donner que les conseils qui concernent ma profession, reprit le docteur en souriant ; tout le reste doit être discuté par vous seul. Je n'irai pas au delà de mon devoir.

— Cependant vous m'affirmez qu'un étranger...

— Je n'affirme rien, interrompit le docteur ; vous comprendrez ma réserve sur un point aussi délicat. Éclairez-vous par vous-même ; ne précipitez rien ; agissez avec prudence ;... ensuite, rappelez-vous tous les conseils que je vous ai donnés au commencement de notre entretien, et qui sont relatifs à la conduite que vous devez tenir chez vous. Point de scandale, point de brusquerie, point de jugement téméraire. Reprenez votre calme et votre sang-froid, la vérité vient toujours tard, mais elle vient, attendez-la.

— Ah ! s'écria Urbain : mon bonheur est perdu ! ma vie est faite ! mon avenir est détruit il sera terrible le jour de la vérité ! adieu docteur.

Il mit un rouleau sur un plat d'argent, et sortit.

En descendant l'escalier, il entendit ce court dialogue, entre deux jeunes visiteurs qui montaient :

— Oui, il gagne cinq cent mille francs par an.

— Tant que cela !

— Au moins, et il donne tout. C'est un docteur qui aurait une fortune de dix millions, s'il avait eu u ntant soit peu d'économie.

— Dix millions! que de malades !

— Et il n'est pas seul : mais c'est celui qui gagne le plus. Un homme charmant, d'ailleurs, très-artiste, très-spirituel. On le voit tous les soirs, dans sa stalle, aux Italiens ou à l Opéra.

— Ce ne sont pas les pauvres gens qui l'ont enrichi.

— Oh ! il n'y a que les gens riches qui vont chez lui : mais il traite gratis ceux qui n'ont pas le sou. Tous les séducteurs de profession payent fort cher. Don Juan lui aurait donné mille francs par consultation ; quelle pratique Don Juan !

Ces paroles retentissaient dans la cage sonore de l'escalier, et arrivaient aux oreilles d'Urbain, sans laisser une syllabe en route.

Quoique la course fut longue, il rentra chez lui, à pied, n'ayant voulu confier à personne, pas même à un cocher de place le secret de sa visite : un heureux hasard lui avait révélé le domicile, et la spécialité du célèbre docteur, le Mentor de la jeunesse, après la chute des Télémaques.

Chemin faisant, Urbain avait pris une résolution. Son frais et calme visage n'annonçait aucun souci domestique ; aucune préoccupation extraordinaire. Ne laissons rien deviner, avait-il dit, et sa figure, faite de lignes tranquilles le servait admirablement.

Sans avoir l'intention de confier son horrible secret à son ami intime, il s'arrêta chez le comte Edgar pour demander à son esprit charmant une distrac-

tion secourable ; mais le portier l'arrêta au passage,
et avec le ton d'une sentinelle qui sait par cœur une
consigne, lui dit : — M. le comte est encore à Londres,
pour ses affaires de famille.

— Voilà bientôt huit jours qu'il est parti, dit
Urbain, et je n'ai pas reçu de ses nouvelles ; cela
m'inquiète.

— Nous l'attendons demain ou après-demain, dit
le portier.

Et il continua la lecture de son journal.

Rentré chez lui, Urbain ne reconnut pas sa maison. Les pensées tristes jettent partout des teintes
lugubres ; elles donnent la nuance du crépuscule au
soleil de midi. Tout avait changé d'aspect, dans cette
demeure opulente, où l'art du décorateur épuisa les
merveilles du goût parisien, pour les joies intérieures
de deux époux. Les tentures de velours ressem-
blaient à des haillons ; les fauteuils, habillés de dentelles figuraient assez bien des spectres couverts de
funèbres linceuls ; les rideaux de Malines pendaient
aux fenêtres comme des toiles d'araignée ; les tapis
moelleux s'enfonçaient sous le pied comme la fange
des carrefours ; le jardin avait pris une physionomie
de cimetière ; les arbres portaient un crêpe noir ;
tout ce qui rayonnait de sourires, pleurait sous le
deuil de la mort, et dans les sinistres nuances de l'in-

consolable désespoir. Le soleil de beauté, l'astre
vivant qui éclairait cette somptueuse demeure, venait de s'éteindre, et le jour continuait la nuit.

— Et désormais ce sera toujours ainsi! pensa
Urbain! flamme éteinte! fleur morte! miroir brisé!

Le souvenir de la résolution prise rendit un peu
d'énergie au cœur d'Urbain; mais ce souvenir était
venu trop tard : un œil pénétrant avait suivi le
maître de la maison depuis son entrée; l'espion de
la chambre avait deviné l'énigme; Silvain méditait
une affaire; le génie de la spéculation entrait dans
la coulisse, et organisait une prime à son profit.

Silvain et Brigitte se heurtèrent au passage dans
l'antichambre, et échangèrent quelques paroles au
vol.

— Une forte baisse!

— Oui, Brigitte, mais qui n'a pas le sens commun.

— En attendant, elle me ruine.

— C'est l'ambassadeur anglais à Constantinople
qui...

— Va te promener, imbécile! que ce soit l'ambassadeur ou le Grand Turc, j'ai perdu cent écus!

— Mais, Brigitte, tu ne comprends pas que
l'isthme de Suez embête l'Angleterre, et que la
rente...

— C'est toi qui m'embêtes! Je ne veux pas toucher à la caisse d'épargne; trouve-moi de l'argent.

— Brigitte, tu n'entendras jamais rien aux affaires...

— Je veux gagner, moi; voilà comme j'entends les affaires. Va dire à monsieur que madame a la migraine et ne descendra pas.

— Encore la migraine! Mais dis à madame de trouver une autre excuse.

— Non. Une grande dame a la migraine toute la vie, et un imbécile comme ton maître aurait des soupçons, si on lui inventait une autre excuse. Va, et il me faut de l'argent; je n'ai que la moitié de mon trousseau.

Silvain, rentré dans la chambre pour servir son maître, se donna une figure sombre, des yeux humides, et un maintien de statue désolée. Urbain, trop préoccupé de son désespoir, ne prêtait aucune attention à la comédie jouée par son domestique; mais, à force de commettre des distractions insolites, de garder un silence morne, et de comprimer des sanglots, Silvain se fit remarquer enfin, et provoqua une demande.

— Je n'ai rien.

Répondit Silvain, avec cet accent qui signifie : J'ai tout.

Il y eut insistance du maître, et réserve mystérieuse du valet de chambre.

Mais, comme poussé à bout, Silvain arracha du fond de sa poitrine ces paroles :

— Je ne veux affliger personne de la triste nouvelle que j'ai reçue ce matin.

En toute autre occasion, Urbain n'aurait pas voulu tourmenter le calme de son égoïsme, en écoutant le récit d'un être malheureux ; mais, malheureux lui-même, il s'intéressait à une douleur, par égoïsme aussi, car la souffrance d'autrui, en pareil cas, est sinon le remède, du moins une légère consolation,

— Eh bien ! dit Silvain en voilant sa figure d'une serviette, mon cousin Alban est arrivé d'Abbeville ; il loge au *plat d'étain*...

— C'est tout ? demanda Urbain.

— Oh ! non !... mais je n'ai pas le courage...

— Voyons... parlez, Silvain... Je vous l'ordonne.

—Mon cousin est venu exprès... triste nouvelle !... mon père va être chassé de sa ferme... il y a eu deux mauvaises récoltes... Les fermages n'ont pas été payés... Le propriétaire est dur... C'est un Anglais de Boulogne... Pour quatre mille francs, toute une honnête famille va mourir de faim.

Les sanglots éclatèrent, et la serviette essuya les larmes et voila le désespoir.

Urbain, comme beaucoup de millionnaires, avait cette avarice d'habitude, sorte de tic moral, incor-rigible, comme un tic physique, et que tous les raisonnements du monde ne peuvent détruire ou modifier. Il tressaillit un peu, malgré son déses-poir, à ces mots quatre mille francs, comme si un bandit les lui eût demandés, le pistolet sur la gorge, et n'osant ni accorder la somme, ni la refuser, il se tut, et fit le semblant de choisir un fruit sur un plat de dessert.

Les sanglots continuèrent en sourdine, et le maître garda son silence avec la même obstination.

Au reste, le domestique connaissait à fond le maître, et il s'attendait à échouer en demandant une somme si forte. Mais il fallait *faire une affaire*, et ne pas viser à quelques misérables louis de bénéfice, comme un valet étourdi et novice à la spéculation.

— Ce qui m'afflige le plus, reprit Silvain sur un ton désolé, c'est de quitter un si bon maître... et... dans un moment où ma présence lui serait peut-être nécessaire. Mais je dois me dévouer à ma famille. J'ai trois frères en bas âge, ma mère est infirme, et mon père...

— Qu'avez-vous dit, Silvain? interrompit le
mari d'Ursule; je n'ai pas bien compris...

— J'ai dit que je suis seul, dans ma famille, qui
puisse...

— Non, non, il ne s'agit pas de cela... vous avez
dit que votre présence était nécessaire en ce moment... d'où vient cette nécessité de votre présence?... voilà ce que je n'ai pas compris.

Le domestique garda le silence, et regarda du
côté du jardin ; mais un léger mouvement de ses
épaules remplaça la parole, et provoqua la curiosité
d'Urbain.

— J'attends toujours une explication? dit Urbain
avec impatience.

— Monsieur regrettera peut-être...

— Je ne regretterai rien... parlez... votre trouble
m'annonce quelque chose de grave ; je ne veux rien
d'incomplet, rien de vague; j'exige toute l'explication.

— Mais, monsieur voudra bien me permettre
de lui faire observer que ma famille m'attend,
que je dois quitter cette maison avant ce soir, et
qu'en donnant l'explication demandée, le devoir
me dit de rester pour soutenir ce que j'aurai avancé
d'incroyable à monsieur... C'est que je suis dévoué à mon maître, moi, dévoué de cœur, et si je
vois ce bon maître au bord d'un abîme, je dois lui

crier : prenez garde! tant pis pour ceux qui m'en-
tendront !

La tête d'Urbain s'embrasait à ses paroles mystérieuses ; un frisson de feu et de glace courait sur
son corps ; sa langue se desséchait sous l'accès
d'une fièvre soudaine ; son cœur battait à fendre
l'épiderme ; ses pieds ne le soutenaient plus.

— Il y a une trahison chez moi! dit-il d'une voix
éteinte.

— Oui, répondit le domestique.

— Un nom? un nom?... nomme... nomme...
parle...

— Je parlerai, dit Silvain, et on me chassera;
je parlerai et on se vengera ; je parlerai et on m'as-
sommera, où est le profit? Ma famille m'attend, j'en
ai assez dit... Instruisez-vous par vous-même, et je
ne vous demande qu'un bon certificat sur mon livret.

— Quatre mille francs pour un nom d'homme, et
de traître.

— Demain.

— A présent... nomme et prends... le nom? le
nom?

Urbain tenait quatre billets à la main, sur son
portefeuille ouvert.

— Voici le nom... Le comte Edgar... Mon père
est sauvé !

Le domestique tomba sur ses genoux, joignit les mains et remercia le ciel.

Urbain voulut répéter ce nom, mais sa langue se paralysa subitement.

Il garda quelque temps l'immobilité de la stupéfaction, puis il bégaya ces paroles avec effort :

— Prends garde... Silvain... Edgar... C'est impossible... impossible.

— Eh bien ! dit le domestique, j'ai pleine confiance en mon maître, moi ; je lui rends ces quatre billets, et il en rendra le double à mon pauvre père, quand je lui aurais montré le traître et la trahison.

— J'accepte, dit Urbain.

Ce mot fut prononcé avec joie et empressement. Urbain rentrait dans le doute et dans ses billets. Il lui en coûtait trop de perdre un si noble ami et un agent si précieux. Un malheureux foudroyé se console comme il peut ; un sursis donne une joie au condamné à mort.

— D'abord, je sais, reprit Urbain, que le comte Edgar est en Angleterre.

— On a trompé mon maître, — dit le valet de chambre, avec un ton effrayant d'assurance. — Le comte n'a pas quitté Paris. Il y a eu une brouille de quelques jours entre lui et... madame... Le sujet de

cette brouille m'est inconnu... un sujet très-mysté-
rieux, je crois... Mais hier soir il y a eu raccommode-
ment... et si vous voulez bien aller dire... mais avec
beaucoup de finesse à madame que vous irez ce soir
à votre société de botanique, je m'engage à vous
montrer le comte Edgar entrant par la porte secrète
de votre jardin. Ayez soin seulement de sortir en
coupé, avec votre cocher et moi. Si je vous trompe,
je consens à voir mon pauvre père mourir de faim.

— Si tu me montrais le soleil à minuit, dit Urbain avec tristesse, tu m'étonnerais moins.

— Eh bien ! reprit le valet de chambre avec la
même assurance, pour huit mille francs, à minuit,
je vous montrerai le soleil.

Urbain prit sa tête à deux mains et la secoua,
comme pour se réveiller ; il croyait vivre faussement
dans un rêve affreux, un mensonge des nuits. un
délire de cerveau.

Après toutes ces émotions, Urbain voulut se remettre dans un état naturel ; pour préparer sa visite
à sa femme, il prit un bain d'air sous les arbres de
son jardin, et obéit ensuite à son domestique, selon
les prescriptions.

Tout se passa naturellement, d'après les habitudes de la maison, jusqu'à l'heure solennelle. On
sortit en coupé, on s'arrêta devant le cirque ; le co-

cher stationna. Urbain et son valet de chambre
prirent des billets au bureau, et, au lieu d'entrer, ils
longèrent de près la rotonde du théâtre, et dispa-
rurent sous les arbres. Silvain marchait le premier
et dirigeait les opérations.

Ils prirent un fiacre à la station voisine, et se
firent conduire dans une allée sombre, peu éloignée
des kiosques du jardin, éclairés par deux gerbes de
gaz. A cette distance, on pouvait reconnaître parfaitement un ami ou un ennemi ouvrant la porte du
jardin d'Ursule.

L'insomnie qui précède un duel sérieux ; la veillée
qui précède une bataille ; le point noir qui annonce
la tempête sur mer ; l'écueil inévitable aperçu à
fleur d'eau, la carabine qui luit dans les Abruzzes ;
l'inondation qui secoue la chaumière de l'abri ; l'in-
cendie qui éclate au chevet de l'alcôve ; le cri du
lion sur le chemin de la caravane ; le spectre d'un
étrangleur indien, levé dans les jungles ; le rauque
miaulement du tigre noir de Java ; le courant qui
emporte la barque du lac Ontario au gouffre de la
cataracte ; la crevasse ouverte sous le pied du
voyageur, à la cime embrasée d'un volcan ; le bandit de l'auberge isolée, qui réveille avec le poignard ;
l'apparition d'un fantôme squelette dans un rêve
fiévreux ; enfin, tout ce qui a été inventé par la

bonne nature, par l'imagination délirante, par
l'homme civilisé, par l'homme fauve, pour donner
le frisson, brûler le cerveau, glacer le sang, agiter
le cœur, tout cela n'est rien auprès de l'émotion
qu'éprouve l'homme amoureux, lorsque, blotti dans
l'ombre, il épie l'artisan de trahison, le bandit d'a-
dultère qui va lui voler son trésor, consommer sa
ruine, et éteindre le dernier rayon du doute, ce fantôme de l'espoir. Avec quelle joie cet homme accep-
terait toutes les terreurs, tous les frissons, toutes
les péripéties, toutes les rencontres que nous venons
d'énumérer, si, ayant épuisé leur série, il pouvait
retrouver sa femme ou sa maîtresse, pure, comme
aux premiers jours des fiançailles, et lui donnant un
front virginal qu'une lèvre adultère n'a pas pro-
fané !

Un brouillard obscurcissait les yeux d'Urbain ;
c'était la vapeur du sang qui montait du cœur em-
brasé au cerveau, et dans son besoin de voir, il déchirait ses paupières avec ses ongles, pour dissiper
la brume, en excitant l'épiderme. Tout à coup, la
main du délateur se tendit vers l'éclaircie de gaz,
et Urbain fit un suprême effort pour saisir la vérité
ou le mensonge, dans un coup d'œil prompt et infaillible. Un jeune homme marchait avec précaution,
en effleurant le mur du jardin ; il regarda le kiosque,

15

fit un salut imperceptible, se glissa comme une ombre dans une fente de la porte, et entra. Un léger grincement annonça que la porte se refermait.

On entendit dans le fiacre une voix de fantôme expirant, qui disait : C'est lui !

Le valet de chambre poussa un soupir de douleur en se frottant les mains.

L'agonie d'Urbain dura un quart d'heure : le malheur consommé lui donna l'énergie de la résurrection. — C'est bien ! dit-il.

On entendait toutes sortes de bruits charmants retentir aux environs ; les Champs-Élysées resplendissaient de lumières ; les files de calèches découvertes se croisaient à Longchamps ; le cirque de Franconi envoyait ses joyeuses fanfares à tous les échos. Un parfum de fleurs embaumait l'air ; les arbres tamisaient la lumière des étoiles ; un crépuscule doux éclairait les gazons ; la musique des orchestres accompagnait le concert des gerbes d'eau et des fontaines. Cela ressemblait à une fête universelle ; tout le monde était rempli de gens heureux.

Urbain s'était recueilli, et rentrant avec un peu de calme dans des souvenirs de fraîche date, il se rappelait, scène par scène, la perfide comédie jouée

par le comte Edgar, avec un art de trahison digne
d'un artiste de l'enfer. Un éclat de rire nerveux le
soulagea; il frappa son genoux avec son poing; fit
une menace du côté du jardin, et dit : Je suis ton
élève, maître Edgar, eh bien! tu n'auras pas perdu
tes leçons !

Et s'adressant à Silvain :

— Merci, lui dit-il; le malheur rapproche, et je
puis te serrer la main. Tu m'as rendu le plus grand
des services. Merci.

— Et vous faites le bonheur d'une famille! dit
Silvain, en pleurant dans l'ombre du fiacre. — Une
pensée qui m'est venue tout à l'heure me donne un
souci...

— Quelle pensée, Silvain?

— Vous savez, monsieur et cher maître, combien
nous sommes calomniés dans notre état, nous. Si
j'envoie dix mille francs à ma famille, on dira que
je les ai volés. Je demanderai à mon bon maître un
billet de quatre lignes, à peu près conçu en ces
termes : — Silvain, je vous donne une gratification
de dix mille francs pour reconnaître vos services...
Cela plaît-il à monsieur ?

— Demain, ce sera fait, dit Urbain... Il me
semble que la somme était fixée à huit mille.

— Oh! j'ai mis dix pour faire un compte rond...

Cela ressemble mieux à une gratification pour services. C'est cinq cents francs de rente.

— Va pour dix !

— Ce soir, à mon service, je puis encore recevoir le billet de monsieur, quand nous serons seuls
dans sa chambre, et demain, par le premier convoi,
je puis encore envoyer...

— C'est bon ! interrompit Urbain, tu auras cela
ce soir. Attendons la fin du spectacle du cirque dans
ce fiacre, et nous rentrerons... à quelle heure ?

— Après la société de botanique, à minuit, comme
vous rentrez quand il y a séance. Le comte Edgar
se fie là-dessus.

Un rugissement sortit de la poitrine d'Urbain ;
l'agneau se faisait lion.

En rentrant à minuit, Urbain dit à son valet de
chambre :

— Je vais passer une demi-heure dans mon
laboratoire... pour une étude... tu viendras me rejoindre dans ma chambre, à minuit et demi.

Brigitte attendait Silvain pour lui faire son rapport ; mais le valet de chambre l'arrêta au premier
mot, par cette nouvelle dite joyeusement :

— Grande hausse !

— A la Bourse ?

— A la mienne.

— Nous avons gagné, enfin ?

— J'ai gagné.

— Beaucoup ?

— Pas mal !

— Sur quoi ?

— Sur les Orléans : une hausse énorme !

— Embrasse-moi, Silvain.

— Je n'ai pas le temps ; il faut que j'aille faire mon service, là-haut.

— Mais tu ne me dis pas ce que tu as gagné ?

— Vingt-cinq louis.

— Ah ! mon Dieu !

— Demain, je te rends tes cent écus.

— Quel bonheur !

— A huit heures, je vais chez mon agent de change.

— Tu as un agent de change ?

— Et fameux ! Je te donnerai en sus une gratification.

— Forte ?

— Deux louis.

— Tu es généreux comme un roi...

— De cartes ; j'ai joué au lansquenet, ce soir, et j'ai gagné ces deux louis, les voilà : c'est un à-compte qui va te donner un bon sommeil.

— Tu es adorable, Silvain ! Et quand nous marions-nous ?

— Oh! vois-tu, Brigitte, restons comme nous sommes; le mariage est en baisse. Je crains d'être exécuté.

— Vilain monsieur! enfin, c'est égal! je t'aime toujours... Tu ne veux pas savoir le cancan de la soirée?

— A demain; je monte chez monsieur.

— Silvain, tu iras loin.

— Oui; mais ne m'arrête pas. Bonne nuit!

Urbain, dans l'intervalle, fut subitement frappé par une inspiration qui lui parut bonne, comme épreuve décisive. Il paya largement et envoya un homme de confiance à Londres, et sans retard, avec mission de s'informer des locataires des maisons de *Bond street*, et de *Tottenham-rood*, et surtout de ce M. Hutkinson, fortement soupçonné de ne pas exister. L'envoyé devait répondre par dépêche télégraphique.

La dépêche arriva le lendemain; elle était ainsi conçue :

Ces deux numéros appartiennent à deux maisons de prostitution. Mlle Angelina et M. Hutkinson n'ont jamais habité là. Ils y sont inconnus.

XV

L'élève maître

Il y a des observateurs parmi les nombreux cochers de fiacre qui tourmentent le pavé de Paris.
Si ces Addisson de la nature écrivaient leurs mé-
moires, ils révéleraient des choses inouïes et igno-
rées des observateurs de profession.

A sept heures du matin, notre jeune mari d'Ursule,
instruit à la ruse par le malheur, arrêta un cocher
dans la rue du comte Edgar, et lui dit :

— Voilà vingt francs, arrêtez-vous vis-à-vis le
numéro 35, et endormez-vous sur votre siége.

Le cocher répondit par un sourire qui signifiait :
— Les cochers comprennent tout ; ils ont tout vu.

Urbain s'installa dans le fiacre et baissa les deux

rideaux de taffetas vert, aux stores de droite et de gauche. Le fiacre s'arrêta, et le cocher, dormeur éternel comme tous ceux de sa profession, s'endormit, en essayant de tenir les yeux ouverts par esprit de curiosité.

Urbain colla son œil sur une fissure du rideau, et mit un acharnement héroïque à regarder la porte de la maison du comte Edgar.

Dans ces heures d'attente fiévreuse, on éprouve une étrange distraction à suivre le mouvement des entrées et des sorties, et à examiner les figures impassibles qui défilent sous une porte cochère, et vont épanouir leur heureuse insouciance sur le trottoir.

Un peu après le coup de dix heures, une ombre élégante se dessina sous la voûte, et le corps se montra bientôt sur le seuil.

C'était le comte Edgar.

Il tira sa montre, réfléchit un instant, et lança machinalement un regard du côté de la zone d'Ursule, comme l'aiguille de la boussole se tourne vers le nord.

Urbain ouvrit avec précaution la portière de gauche, descendit sur le pavé, se fit éclipser par le fiacre, et réveillant le cocher, il lui fit signe de partir.

Ensuite, par une manœuvre adroite, et sous la protection d'un omnibus, voiture qui rend tant de services aux éclipses humaines, il accosta face à face le comte Edgar, et débuta par un éclat de rire et un *shake-hands* des plus énergiques.

— Enfin ! le hasard me sert, dit-il, j'allais encore te manquer chez toi.

Tout à coup rassuré, comme le serait un criminel si un procureur impérial lui touchait la main en riant, le comte Edgar joua très-bien son rôle aussi, et mêla sa fausse gaieté à la joie menteuse d'Urbain.

Ils s'enlacèrent par le bras comme deux collégiens en vacances, et engagèrent vivement et tout de suite l'entretien.

— Et depuis quand arrivé ? demanda Urbain avec un naturel parfait.

— Depuis hier soir, onze heures, par le dernier convoi. La traversée a été mauvaise de Douvres à Calais ; la mer m'a terriblement éprouvé.

— Eh bien ! cela ne paraît pas, reprit Urbain ; tu as le teint frais comme un Anglais de bonne maison. Et où en sommes-nous du mariage ?

— Oh ! jamais on ne finit rien avec ces Anglais ! ils ont des hommes de loi qui ont des perruques et pas de têtes ; des notaires qui ont des études, et pas de registres. On a demandé encore quinze jours au moins pour constituer légalement la dot d'Angélina. C'est la Tamise à boire ! on ne devrait épouser des Anglaises qu'à Paris.

— Charmant toujours ! dit Urbain en étreignant le bras d'Edgar contre le sien.

— Ma foi ! reprit Edgar, quand j'ai vu la tournure que prenait l'affaire, j'ai craint une attaque de *spleen*, et j'ai proposé à Angélina de la conduire à l'état civil de *Gretna-Green,* ce treizième arrondissement anglais, où un forgeron expéditif vous bénit et vous marie entre l'enclume et le marteau.

— A-t-elle accepté ?

— Bah ! ces diables rouges d'Anglais qui conservent beaucoup de mauvaises institutions, comme des reliques de momies, ont destitué le forgeron de l'hymen. Il n'y a plus de mariage à l'enclume. Leurs avocats portent encore la perruque à trois marteaux de la reine Anne, mais ils ont détruit la mairie verte, l'hôtel de ville de la campagne, le mariage de la liberté !

— Alors quel parti as-tu pris, Edgar ?

— J'ai demandé à mon beau-père un congé de quinze jours, un délai.

— Un sursis, tu veux dire, Edgar. Si jeune encore, tu vas t'enchaîner sur un ponton anglais ! Profite de tous ces brouillards de la Tamise, et donne ta démission de gendre. N'es-tu pas heureux dans ton célibat?

— Oh! mon cher Urbain! les choses sont trop avancées! impossible de rompre. D'ailleurs, c'est un mariage d'amour. Par malheur, dans tout mariage riche, il y a le côté ennuyeux, le côté des parents, et ici les parents sont deux fois têtus; ils sont Anglais...

— Mais à propos, interrompit Urbain, je bavarde, moi, et je t'ai peut-être détourné de ta route... Moi, je vais rue Richelieu, à pied... il fait si beau!... Je vais à la Bibliothèque consulter la *Flore des Antilles* avant mon déjeuner.

— Et moi, dit Edgar; je descendais au boulevard chez mon bijoutier; je vais faire monter une *pietra dura* sur épingle pour mon beau père; *les petits cadeaux entretiennent l'amitié*, et je commanderai une broche en diamants pour Angélina; les grands cadeaux entretiennent l'amour. Veux-tu m'accompagner? tu me donneras des conseils.

— Moi, mon ami; je n'entends rien à la Flore des diamants.

Edgar et Urbain s'arrêtèrent à l'angle de la rue Royale, comme deux bons amis qui échangent encore quelques mots avant de se séparer. Edgar frappa son front et dit :

— Mon mariage me fait oublier les maris... excuse-moi, Urbain ; je ne t'ai pas demandé des nouvelles de ta femme...

— Elle se porte à merveille, interrompit Urbain ; toujours gaie, toujours bonne enfant ; mais je crois que nous allons avoir encore cinq minutes de brouillerie...

— Ah ! dit Edgar en souriant.

— Je suis obligé de faire encore une absence de trois jours. Ces absences la rendent furieuse... Non, plaisanterie à part, je crois qu'elle s'imagine que j'ai une maîtresse à Anvers... Edgar, ne ris pas... ceci est sérieux... tu ne connais pas ma femme, et ma femme ne me connaît pas... Une de ses amies, une imbécile, lui a dit que les Anversoises étaient les plus belles femmes du monde, et qu'un étranger... mais ne ris pas ainsi, Edgar... il suffit d'une bêtise comme celle-là pour me faire renoncer à mes voyages. J'aime encore mieux ma tranquillité de Paris que mon jardin d'Anvers.

— Tu n'aimes donc pas l'amour au piment ; l'amour épicé par la jalousie? dit Edgar avec une légèreté charmante.

— Non. Je laisse aux Anglais comme toi, le *turtle-*

soup, et l'*india carrick ;* en amour, je n'aime que
le dessert... Bah ! nous causerions ainsi jusqu'à ce
soir... Adieu Edgar, et à bientôt... Voyons, fixons
un jour...

— Mais si tu pars pour Anvers... remarqua Edgar
avec nonchalance...

—Oui, oui... Oh ! c'est indispensable, reprit Urbain d'un ton sérieux... Delphin ne me fait là-bas
que des sottises, sous prétexte qu'il étudie les sys-
tèmes chinois... Je passerai trois jours... Ah ! une
idée !... Je vais m'ennuyer à périr... voyons... encore un acte de dévouement... accompagne-moi à
Anvers.

Cette dernière idée sembla faire explosion instan-
tanément dans la tête d'Urbain. Le jeu de physionomie fut parfait, et la parole notée sur une gamme
naturelle. L'élève triomphait du professeur.

Au même instant, une autre idée traversa l'esprit
d'Edgar. Les journaux, depuis trente ans, racontent
la ruse d'un mari qui, après avoir simulé un voyage,
rentre chez lui, au milieu de la nuit, et trouble une
conversation criminelle, qui n'était, pour lui, qu'à
l'état de soupçon. Alors, le mari, usant de son pouvoir discrétionnaire, tue la femme, ou tue l'amant,
ou les tue tous les deux ; ou s'armant de deux pisto-

lcts, fait sauter don Juan par la fenêtre, ou invente d'autres choses encore, dans l'intérêt de sa vengeance satisfaite et de son honneur outragé. Les journaux et les cours d'assises ont beau mettre toujours en scène ce mari, faux voyageur, il y a toujours des Lovelaces étourdis qui tombent dans le piége. Cela remonte même à l'histoire de Joconde, lequel en revenant sur ses pas, au début de son voyage, trouva le mot de Molière écrit à côté de son nom, dans l'alcôve nuptiale, quoiqu'il fût le plus bel homme de l'univers alors connu.

Edgar avait en lui la double méfiance du criminel et du diplomate ; mais, quoique rassuré par l'air et la parole franchement naturels d'Urbain, il songea involontairement à ces maris qui partent et rentrent à minuit, au premier mot sur le voyage d'Anvers.

— Serait-ce encore, pensa-t-il, un de ces vieux piéges, signalés par les journaux? et un frisson d'hiver le glaça au milieu de l'été. Jugez de sa joie lorsqu'il entendit Urbain proposer le voyage à deux. La réaction fut si vive, qu'il accepta tout de suite. Edgar avait encore son supérieur en ruse diabolique, car Urbain avait même spéculé sur les faux départs, les cours d'assises, les journaux et cette Cassandre de l'hymen, que les époux n'ont jamais écoutée : *numquàm credita sponsis.*

Après avoir accepté, Edgar reprit le bras d'Urbain, et lui dit :

— Je t'accompagne jusqu'à la Bibliothèque; prenons la rue Saint-Honoré. Tu vois que je suis prêt à t'accompagner partout.

— Ce bon Edgar! dit Urbain, en essuyant deux larmes.

Les sources des larmes sont inconnues comme celles du Nil.

Edgar attribua sans hésiter l'attendrissement d'Urbain à l'expansion d'une vive amitié.

Urbain pleurait sur lui, et toute sa fermeté nouvelle n'avait pu retenir les deux larmes équivoques, ces deux gouttes d'eau qui pouvaient submerger l'édifice de vengeance, si laborieusement construit, dans une veillée brûlante, prolongée jusqu'au matin.

Il revint au ton naturel, pressa fortement la main d'Edgar, comme pour mieux expliquer les deux larmes, et dit :

— Au reste, je te promets de ne pas te donner trois jours d'ennui, à Anvers; j'ai là de belles connaissances : je te montrerai l'atelier de Leys, un vrai Flamand du seizième siècle. Nous irons visiter quelques jardins particuliers, et le jardin zoologique de la ville, une vraie curiosité... il y a des liquidam-

bars, des caquiers, des lataniers, des palmiers-pal-
mistes... Cela t'intéresse-t-il?

— Mais certainement, Urbain... Je ne suis pas
fou de ces choses, moi, mais j'aime à voir tout ce
qui est curieux.

— C'est en effet fort curieux ! reprit Urbain , on
ne comprend pas que le génie de l'homme ait pu na-
turaliser le tropique sous des latitudes aussi froides.

— C'est vrai ! dit Edgar.

— A Anvers, reprit Urbain, les jardiniers ont pris
le peu de soleil qui s'y trouve, et ils en ont fait le
soleil de Valparaiso ou de Guaïaquil.

— C'est merveilleux ! remarqua Edgar.

— Ils ont une terre d'alluvion, répondit Urbain,
et ils en ont fait la terre vive et féconde de Pulo-
Pinang ou du Paraguay.

— C'est étonnant ! s'écria Edgar, qui n'écoutait
pas, et qui attendait toujours la fin d'une phrase pour
mettre son point d'admiration.

— Je te montrerai la maison de M. de Caigny,
dans le faubourg... il n'y a rien de plus charmant,
de plus beau, de plus tropical, chez le plus riche
nabab du Malabar ou du Coromandel.

— C'est inoui, dit Edgar.

Urbain parlait, et se donnait, par intervalles, des
distractions subites, et des silences courts, avec la

moins curieuse des curiosités rencontrées au passage, sur le trottoir ou aux vitrines des boutiques,
comme font les causeurs des rues, lorsque rien ne
les préoccupe, pas même ce qu'ils disent. Ce jeu
est difficile à jouer, mais quand il est réussi, le plus
rusé en serait dupe ; surtout si le dupeur passe pour
novice aux yeux de l'habile dupé. Dans cette partie
à deux, il y aurait péril à souligner la finesse, comme
on fait au théâtre, où les rusés semblent toujours
dire avant la ruse : Admirez comme nous sommes
de fins matois ! C'est qu'avec un subtil coquin de la
force d'Edgar, il ne fallait pas commettre la moindre
nuance d'écart ; ne pas fausser la moindre note sur
une lèvre fiévreuse ; tout eût été perdu. Urbain le
comprenait bien, et servi par son intelligence naturelle, et la prompte éducation du malheur, et l'inexorable besoin de la réussite, il gagnait en un jour
l'expérience du sexagénaire, et trompait victo-
rieusement l'œil et l'oreille infaillibles du comte
Edgar.

Il était à trente pas de la bibliothèque, dans la
rue Richelieu, et il continuait ainsi :

— Vois-tu, Edgar, j'ai découvert de bonne heure,
moi, que le luxe affiché par les riches à Paris, était
une folle dépense de toiles d'araignée. Ils ont beau
entasser chez eux toutes les fantaisies de Monbro,

de Boule, de Tahan, ils feront toujours ressembler
leurs salons à une succursale de l'hôtel des ventes.
Les gens riches d'Anvers ont seuls compris le luxe
domestique. Il y a chez Rothschild des fauteuils habillés en duchesses, estimés mille écus le dossier. Toutes
ces opulentes misères, si bêtes à l'œil, ne valent pas
un néflier du Japon, que j'ai vu dans la salle de
M. Vanbruggen, et qui secoue ses fleurs d'ivoire sur
un vieux bahut en bois d'ébénier.

— Il a cent fois raison, ce cher Urbain! dit Edgar
en comprimant son faux enthousiasme par respect
pour le public de la rue Richelieu.

— C'est que, mon cher Edgar, reprit Urbain, je
veux te convertir, moi, à la religion de Chloris, que
les Latins ont eu tort de nommer Flore, comme dit
Ovide, dans un distique charmant. Je veux qu'après
ton mariage tu ne confies pas à un tapissier le soin
d'encadrer stupidement ton amour par quatre tentures gris-perle, et leurs baguettes en or faux... j'ai
une acquisition à te proposer...

— Voyons, propose, Urbain.

— Non... j'ai trop parlé... nous voici à la Bibliothèque... voyons... un dernier mot... demain matin... à la gare du nord... tu sais l'heure...

— Oui... nous nous trouverons là...

— C'est convenu, Edgar... point de bagages...

une promenade à l'anglaise... il y a d'ailleurs tout
ce qu'il faut chez moi à Anvers... Amènes-tu ton valet de chambre ?

— Non, Urbain...

— Comme tu voudras... nous avons Delphin
qui fait tous les services... et puis, en trois
jours, on n'a besoin de rien!... à propos, j'oubliais.
Edgar!... tu vas au boulevard, m'as-tu dit?

— Oui, chez mon bijoutier.

— Bien ! entre à la Librairie Nouvelle, et achète
l'*Histoire du siége d'Anvers*, en 1832, par le général... chose... un général enfin, le nom n'y fait rien.
Je n'ai pas trouvé ce livre chez les libraires d'Anvers... je compte sur toi.

— C'est acheté... A demain.

— A demain, mon cher Edgar.

L'attendrissement baigna les yeux d'Urbain. Oreste
et Pylade, Castor et Pollux, Nisus et Euryale, David
et Jonathas, ne se sont jamais fait des adieux plus
touchants à l'heure de la séparation, quand ils se
quittaient pour se revoir le lendemain.

Urbain entra d'un pas nonchalant dans la cour
de la Bibliothèque, la traversa, et s'arrêta sur l'escalier pour réfléchir.

Sa première idée était mauvaise ; il la corrigea.
N'ayant jamais eu l'intention d'aller à la Biblio-

thèque, il voulait revenir sur ses pas, prendre un
fiacre sur la place Louvois, et regagner son hôtel.

Ceux qui voient échouer le plan le mieux construit, commettent ces erreurs de détails. Abusons du
luxe des précautions, pensa Urbain.

Il monta l'escalier, entra comme un habitué dans
la Bibliothèque, et demanda la *Flore des Antilles*,
dont il se souciait fort peu, surtout en ce moment
d'agonie et de désespoir.

On lui servit le livre, comme s'il en avait besoin.

Urbain le prit avec respect, comme le prêtre
prend une châsse, et chercha une place à l'écart,
pour lire et prendre des notes.

Il éprouvait une certaine joie à l'idée qu'Edgar,
le terrible et méfiant diplomate pouvait reparaître,
sous prétexte d'oubli, et qu'il le trouverait courbé
sur le livre, et absorbé par le travail.

L'inspiration avait bien servi Urbain.

Edgar, de son côté, voulait abuser du luxe de la
finesse, quoique rien ne lui donnât le moindre prétexte à méfiance. Il revint en effet sur ses pas, monta
l'escalier de la Bibliothèque avec une grande préci-
pitation, entra dans la vaste salle, et ayant découvert l'embrasure où s'était blotti Urbain, il tomba
tout essoufflé devant lui, en disant d'une voix haletante :

— Mon cher... Urbain... on oublie toujours l'essentiel... Faut-il faire viser... l'ancien passe-port?... Je n'aime pas les tracasseries des gendarmes...

— C'est inutile, dit Urbain, notre passe-port est encore tout frais.

— Bon ! reprit Edgar... je ne te dérange pas plus longtemps... fais ton travail... à demain.

— A demain, Edgar.

Et Urbain se replongea sur son livre avec un transport de joie mêlé d'orgueil.

Edgar, cette fois, rentra dans la plus complète quiétude de l'esprit. Il descendit l'escalier, et traversa la cour en fredonnant ce refrain de vaudeville de Piis Barré :

> *C'est un mari comme un autre,*
> *Ils sont tous comme cela,*

et pour mêler la prose aux vers, comme au théâtre, il ajouta : — Allons lui acheter le *Siége d'Anvers*, à ce crétin !

XVI

Lettre à Ursule

Dans l'intérêt de son plan mystérieux, Urbain avait cru devoir adresser la lettre suivante à sa femme :

« Chère Ursule,

» Au moment de mon départ, je t'écris à la hâte ce second adieu, pour te prouver qu'en quittant la maison, ma dernière pensée a été pour toi.

» Et ce bon souvenir me fait aussi réparer quelques oublis de détails qui, en faisant de mon billet une lettre, me donnent l'heureuse occasion de causer un peu plus longtemps avec ma femme.

» Si Delahays apporte trois volumes in-folio in-

titulés : *Trésor du numismate*, il faut les envoyer
tout de suite au relieur. J'en avais déjà parlé à
Silvain. C'est mon premier oubli. Même reliure que
pour l'*Histoire des rois Ptolémée.*

» Un pauvre diable, qui me déniche des bouquins
rares sur les quais, doit m'apporter deux volumes
intitulés : *Traité des hiéroglyphes de Warburton ;*
il faut lui donner deux louis : c'est un peu cher
comme achat, mais c'est bon marché comme service. Il aurait pu me demander deux louis sans me
vendre deux livres. Il y a donc bénéfice pour moi.

» J'ai encore oublié de recommander à Silvain de
fermer avec soin les volets de la fenêtre de l'herbier, s'il vient à pleuvoir. La dernière averse a fait
beaucoup de dégâts dans mon compartiment n° 7.
Si le beau temps continue, il faut tenir largement
ouverts persiennes et volets.

» Obligé de faire ce voyage de trois jours, je
m'estime heureux d'avoir trouvé mon meilleur ami
comme joyeux compagnon. Edgar est un modèle de
complaisance. Je vois que de sérieuses affaires le
poussent vers un autre voyage ; mais il n'a pas hé-
sité à répondre à mon premier appel. Je me serais
biene ennuyé en Belgique, sans lui et loin de toi.

» A bientôt, chère Ursule. Il faut s'éloigner quel-

quéfois de la femme aimée pour mieux se prouver
qu'on l'aime toujours.

> » Ton fidèle

> » URBAIN. »

« *P. S.* Encore un oubli. Si les deux merles ne
veulent pas vivre amicalement dans la même cage
avec les cardinaux, il faut les séparer. »

Ursule avait lu cette lettre avec ce plaisir douloureux qui est la joie du crime, le *mala mentis
gaudia* du poëte. Un voile impénétrable couvrait
donc l'horrible secret de la maison. Un mari qui
doute, un mari soupçonneux, et surtout un mari
candide comme Urbain, n'écrit pas une lettre
pareille. Cela promettait à Ursule, sinon des jours
heureux, du moins des jours tranquilles pour l'a-
venir.

XVII

La peine du talion

Au premier étage de la maison d'Urbain, au faubourg rural d'Anvers, une terrasse s'allonge en demi-cercle du côté de la campagne; elle est vitrée en hiver et découverte en été. Les grandes fleurs tropicales, les arbustes exotiques, y croisent leurs rameaux, leurs tiges, leurs nuances, leurs couleurs, et donnent un abri contre l'ardeur du soleil pendant le jour, et contre l'humidité pendant la nuit.

Il est neuf heures du soir : pas un brin d'air n'agite les feuilles. Si le vent soufflait, il viendrait du sud. La chaleur est étouffante. On aperçoit quelques étoiles çà et là, dans le ciel, à travers les brumes qui seront les nuages du lendemain

Edgar et Urbain, habillés, ou, pour mieux dire,

14

déshabillés à la légère, causent en bons amis dans un angle de cette terrasse, sous une petite coupole de feuilles de lataniers, devant un guéridon chargé de tous les échantillons de bières belges. La nuit et les arbres donnent une épaisse obscurité à ce tableau flamand, où luit, par intervalles, le cigare du jeune comte, comme une étoile isolée scintille sur un fond de ciel complétement ténébreux.

— Oui, disait Urbain, il est très-honorable, pour une ville, d'élever des statues à ses grands hommes sur ses places publiques! soit que l'enfant de la ville se nomme Parmentier, Jacquard, James Millingham ou Rubens, soit qu'il ait inventé la pomme de terre, le métier de soie, les docks ou la grande couleur.

— C'est fort juste! disait Edgar, en sablant un verre de faro.

— Moi, reprit Urbain, je suis ému lorsque je vois la statue de Rubens sur une grande place d'Anvers.

— Oui, cela me cause aussi, à moi, une certaine émotion, dit Edgar.

— Autrefois, reprit Urbain, il fallait avoir massacré des soldats ennemis et incendié des villes pour avoir des statues de marbre et d'airain.

— C'est un progrès, remarqua Edgar.

— Tiens, Edgar, écoute... demain nous rendrons une visite au bourgmestre d'Anvers, M. François Loos, un homme de grand mérite, et je lui demanderai l'autorisation de... La chaleur te fatigue, Edgar ?

— Non... oui... je crois qu'en effet... on ne respire pas, ici, dit Edgar en se levant.

— Oh! ce n'est rien!... reprit Urbain. Voyons, que te disais-je?... ah! j'y suis!... je demanderai à M. le bourgmestre... prends mon bras, et promenons-nous sur la terrasse, au grand air.

Edgar s'appuya sur le bras d'Urbain, fit quelques pas, mais un accès de douleur corrosive lui fit pousser un cri, et il se laissa tomber sur une grande natte indienne, déroulée entre deux massifs de fleurs.

Urbain simula un effroi excessif, et se penchant vers lui :

— Où souffres-tu? dit-il, où souffres-tu?

— Partout, dit Edgar d'une voix étouffée ; il semble qu'on m'arrache les poumons et les entrailles... j'ai une soif horrible... donne-moi de l'eau...

— Viens! reprit Urbain d'une voix éplorée; fais un effort... relève-toi... viens dans ma chambre... tu seras mieux au lit... viens...

Edgar se souleva péniblement dans un de ces intervalles de répit que la douleur la plus aigüe donne au patient, et, avec l'aide d'Urbain, il rentra, et se coucha dans une chambre à deux lits.

Urbain mit une lampe astrale à côté du lit d'Edgar, et sonna en disant :

— Je vais envoyer chercher un médecin... Cela va-t-il mieux?... non!... Ce diable de Delphin est sorti!... il me joue de ces tours chaque soir !

Edgar poussa un cri douloureux, et se tordit, comme un supplicié sur la roue, en dévorant son poing.

Alors Urbain se plaça devant lui, croisa les bras, et fit un de ces sourires que l'enfer a inventés pour le visage des bourreaux misanthropes.

— Ah! lui dit-il avec calme, je ne veux pas que tu meures sans apprendre la cause de ta mort.

Edgar tourna un regard affreux vers Urbain, et balbutia ces mots :

— La cause de ma mort!

— Oui, roué imbécile! diplomate de lupanar! ami infâme! empoisonneur de l'adultère, tu t'es pris à mon piége comme un oison ; et je te rends œil pour œil, dent pour dent, arsenic pour arsenic. Tu meurs empoisonné!

Edgar poussa un râle de rugissement ; la rage lui

rendit un peu de ses forces, et le galvanisa ; il se leva de toute la hauteur de son torse, et ses mains crispées par un désespoir nerveux se tendirent pour saisir Urbain.

— Oh! j'ai aussi prévu cela ! dit Urbain en reculant ; je suis de ton école ; tu m'as formé.

En disant cela, il tenait deux pisto'ets dans la direction de la poitrine d'Edgar, et il ajouta :

— Si tu pouvais mourir deux fois, je te tuerais deux fois !

Edgar, épuisé par son effort, pâle comme un agonisant, foudroyé par la douleur, déjà raccorni par le ravage du poison, se laissa retomber sur le lit, en disant d'une voix étouffée:

— Misérable!

— Ah! dit Urbain, dans un éclat de rire qui lui laissait des larmes dans les yeux, —ah ! c'est moi qui suis un misérable!... Écoute .. homme vertueux... écoute... je veux que tu entendes tout... J'étais heureux dans ma maison; rien ne manquait à ma vie. J'aimais ma femme, non de cet amour extravagant, qui se brûle lui-même à sa propre flamme, descend à la froideur, et s'élève quelquefois à la haine, mais de cet amour intime qui devient l'éternelle habitude de la vie, dans le cœur d'un honnête homme. J'étais marié; voilà mon crime aux yeux de ces Jocondes de lorettes, de ces miroirs de courtisanes, de ces élèves du chansonnier Bergamin. On doit courir sus aux maris; ce sont les gibiers de ces chasseurs d'alcôves ! Un mari est mis hors la loi par les législateurs de l'adultère ! un mari doit être conspué, avili, assassiné, empoisonné par un de ces êtres inutiles qui infestent le célibat ! Ces voleurs de la chair ont le droit, eux, de passer des bras d'une courtisane pestiférée aux bras d'une femme pure ! Est-ce que nous avons le droit de nous marier, nous ? le droit d'avoir un lit virginal ? le droit d'avoir la sécurité dans nos caresses légitimes ? Non, les maris sont les parias de l'amour; tant pis pour eux ! les chansons du Caveau les avaient avertis. Pourquoi font-ils le monopole d'une femme ! pourquoi ne prennent-ils pas la femme d'autrui, comme le comte Edgar ?

Une sueur froide inondait le visage d'Edgar ; des râles stridents sortaient de sa poitrine ; son torse nu laissait voir des stigmates de dissolution ; les veines de son cou se gonflaient à briser l'épiderme ; ses yeux fixes lançaient des regards hideux, comme les yeux d'un spectre ; les contorsions furieuses de tout son corps annonçaient une souffrance au-dessus des forces de l'homme; et pourtant, à chaque phrase, aiguisée comme la lame d'un poignard que lui tirait

Urbain à brûle-pourpoint, il trouvait encore dans sa jeunesse assez de force pour articuler quelques mots décousus qui voulaient commencer une justification impossible. .

— Tais-toi! lui disait Urbain ; tais-toi ! misérable ! meurs dans le silence; meurs dans le repentir; ne parle pas! ne parle pas! ne parle qu'à Dieu. J'en sais trop, moi ! oui, moi, avec ces yeux qui découvrent un ciron sur cet aloès, je t'ai vu entrer chez moi comme un voleur et un pestiféré, par la porte du jardin. J'aurais pu te tuer comme un chien hydrophobe, sur mon domaine; oh! non ! je suis un raffiné de vengeance, moi! une balle de pistolet rend trop de services au coupable ; il n'a pas le temps de savoir qu'il meurt. J'ai voulu d'abord te rendre la monnaie de ta diplomatie de Londres et de Bruxelles ; j'ai voulu te surpasser comme comédien. Es-tu content de ton élève, noble mari d'Angélina? Puis, j'ai voulu savourer ton agonie. C'est un échange de voluptés entre nous. J'ai voulu compter les dernières pulsations de ton cœur; entendre le dernier râle de ta poitrine. Pour ta couche de mort, je t'ai donné le lit d'Ursule. L'édredon est il doux, mon ami? Écoute : avez-vous assez raillé cet imbécile d'Urbain, dans vos intimes causeries avec Ursule? vous êtes-vous assez égayé en mêlant mon nom à votre crime? Avez-vous bien compté dans l'argot de l'adultère, les *plantes*, dont vous meubliez mon front? Oh! que d'esprit tu dois avoir dépensé dans ces divins tête-à-tête ! Voyons, Edgar, conte-moi cela ; j'adore ce genre de plaisanterie ; veux-tu que je te chante la chanson de Bergamin?... *Quand on l'apprend, c'est peu de chose !*... Oui, je comprends ton signe...tu n'es pas d'humeur à faire chorus avec moi... tes yeux se ferment ; ta figure est cadavéreuse ; tes lèvres ont la teinte de la mort ; une étincelle est encore en toi... elle va s'éteindre, je la saisis au vol, pour te faire entendre ces mots — meurs, scélérat, et sois maudit!

Comme la flamme qui va s'éteindre jette tout à coup une suprême lueur, Edgar se souleva une dernière fois, ouvrit de grands yeux vitrés, lança l'écume de ses lèvres, puis retomba lourdement, se raidit dans une dernière convulsion, et ne remua plus. La vengeance avait fait un cadavre.

Urbain lui donna cette fois un regard où la pitié semblait remplacer la haine. Il versa même quelques larmes, qu'il essuya brusquement, et ferma les rideaux de ce lit qui était une tombe.

Il n'y avait aucune indécision dans l'attitude, les mouvements, les pas d'Urbain ; un observateur, si sa présence eût été possible, aurait reconnu que ce jeune homme suivait toutes les péripéties d'un plan combiné par une longue préméditation.

Il consulta la pendule, tira sa montre, réfléchit un instant, et sortit de la chambre, pour regagner la terrasse, où il se promena longtemps, avec le calme d'un péripatéticien.

Au coup de onze heures, il descendit au vestibule, examina la lampe avec attention, et ouvrit la porte de l'avenue, en prêtant l'oreille au dehors. Après un quart d'heure d'attente, il dit à voix basse :

— C'est lui !

Et il parut joyeux.

Un bruit de pas s'était fait entendre, après le grincement de la grille du portail.

Un homme se montra, c'était le jardinier Delphin.

— Eh bien ! lui dit Urbain, êtes-vous content ?

— Oui, monsieur, répondit Delphin en se frottant les mains ; j'ai une bonne cabine et un bon lit ; c'est qu'il faut ça pour un si long voyage.

— Et le navire part toujours demain ?

— Oui, demain, dans la nuit ; il n'y a pas eu de contr'ordre. Le *Brabançon* est un joli trois-mâts, un fin voilier, qui file dix nœuds. Mais, c'est égal, il y a loin d'Anvers à Canton.

— Delphin, dit Urbain, je vous le dis encore une fois, votre congé n'est que de dix-huit mois ; cela vous suffira pour bien vous instruire, à Hog-Lane, ct dans le faubourg. Fréquentez surtout les jardiniers hollandais des factoreries du quartier franc.

— Oh! monsieur, je n'ai oublié aucune de vos recommandations.

— Avez-vous mis ma lettre à la poste ?

— Oui, monsieur.

— Arrivera-t-elle à Paris aujourd'hui?

— Oui, monsieur, vous pouvez y compter.

— Ainsi, vous serez demain soir à l'arrivée du convoi de Paris. Vous aurez une voiture; vous recevrez ma femme, vous la conduirez jusqu'au portail, et vous vous servirez de la même voiture pour vous rendre au port. D'ailleurs, je vous donnerai encore d'autres instructions.

— C'est convenu, monsieur, tout sera fait.

— Eh bien ! Delphin, allez essayer votre cabine et votre lit, puisque tous vos bagages sont à bord. Je suis fatigué ; monsieur le comte m'attend, là-haut, et nous avons besoin de repos tous les deux.

— Monsieur me permet-il de lui serrer la main ?

— De tout mon cœur, mon brave Delphin... A propos... j'oubliais... Tenez... on a toujours besoin de beaucoup d'argent, en partant pour un voyage de long cours... Prenez ceci.

Urbain donna un petit portefeuille à Delphin; il contenait dix mille francs en billets anglais.

Le jardinier allait se jeter aux genoux d'Urbain.

— Bon voyage ! mon cher Delphin, dit Urbain en
retenant le mouvement du jardinier ; et, songez-y
bien ! un congé de dix-huit mois.

Delphin, ivre de joie, s'éloigna en bénissant ce
maître généreux, et en s'étonnant aussi d'un acte
de largesse peu commun chez Urbain.

Urbain, resté seul, éteignit la lampe du vestibule,
et s'assit sur une banquette du jardin, en prenant
la position d'un amateur des belles nuits, qui va faire
sa veillée aux étoiles.

A l'aube, il se leva péniblement, comme accablé
par l'ivresse d'une nuit d'orgie, et donna des regards pleins de tristesse à son domaine, à cet Eden
qu'il avait créé pour le bonheur d'une vie, et qui se
couvrait d'une teinte lugubre, au premier sourire
du soleil levant. La révolte contre cette ironie de la
nature et contre l'injustice du sort, se peignait dans
ses yeux livides, et dans les contractions de son visage. Riche, heureux, innocent, jeune, pourquoi se
voyait-il ainsi déshérité, par le crime d'un autre, et
réduit à traîner une vie de désespoir, comme un artisan de sa propre infortune, ou à porter sur lui des
mains violentes, comme le criminel devant la longue
torture du bagne, ou l'intolérable agonie de l'écha-

faud? S'entretenant avec ces pensées désolantes,
il regardait encore le ciel, comme pour lui demander une réponse, car le malheur immérité infuse
l'égoïsme au cœur, et fait croire à l'innocent qu'il
est seul sur la terre, que sa douleur injuste doit exci-
ter l'intérêt de l'univers, et qu'une consolation doit
venir à lui, soit des hommes, soit du ciel.

L'horizon continuait ses sourires, la campagne
était toujours splendide et joyeuse. Urbain mit la
main sur ses yeux pour ne pas voir cette fête de
l'été, ce grand paysage railleur! Il monta le perron,
traversa le vestibule, et ouvrit la porte de son laboratoire au rez-de-chaussée. Là, pendant deux heures,
il écrivit son histoire de ces derniers jours, avec le
dénoûment, qui n'était pas encore arrivé.

Ce travail lui donna une certaine satisfaction ; car,
disait-il sans doute en lui-même — au moins la leçon
ne sera pas perdue; elle peut profiter à autrui.

Il assembla les feuilles éparses, les plia en forme
de lettre, les mit sous pli, et, pour la première fois
de sa vie, s'estimant très-heureux d'avoir perdu son
père et sa mère, il adressa son horrible révélation
à un proche parent qu'il avait dans le Calvados.

La Poste, cette insouciante messagère de tant de
douleurs, couvrit de ses timbres ce pli funèbre, et
le rendit à sa destination.

XVIII

Choisis !

Ursule voyageait seule dans un coupé du convoi qui allait à Bruxelles. Comment aurait-elle pu résister à cette lettre d'Urbain?

« Anvers, juillet 1855.

« Ma chère Ursule,

» Cette fois, il m'a été impossible de garder mon incognito à Anvers. Une visite obligée au jardin des plantes m'a valu des honneurs, dont je suis indigne, mais que je dois subir comme si je les méritais. Le comice agricole m'a donné une médaille d'or pour la culture des *lavanteras ! !* C'est un fait inouï, car les botanistes français sont peu estimés en Belgique.

Je t'avoue, ma chère Ursule, que cette médaille d'or
m'a fait quelque plaisir ; elle m'a donné le goût des
décorations. Un mari décoré, décore sa femme ; je
rêve les honneurs pour toi.

» Le directeur du jardin m'a donné un dîner superbe; nous étions vingt-quatre convives; j'ai été
charmé de voir que le comte Edgar, malgré l'absence
de ses titres scientifiques, a été invité, à cause de
moi. Au reste, il a été charmant au dessert.

» A Anvers, lorsqu'on est une fois lancé dans les
dîners, on n'en finit plus. Les invitations pleuvent.
On me conteste tout motif de refus, à cause, dit-on,
de mon double malheur de riche et d'oisif. Mais voici
l'ennuyeux pour toi.

» Edgar, qui prétend être l'homme des convenances, me dit à chaque instant : — il faut rendre
ces politesses, avant de partir. Tu as une serre très-
vaste, une serre qui est la plus belle salle à manger
d'Anvers ; et tu dois donner aux notables un dîner
de quarante couverts, au moins.

» Ce n'est pas la dépense qui m'effraye; je n'ai
peur que de mon inexpérience dans les choses de
ce monde. Je ne sais pas recevoir. On me conseille
d'inviter des femmes, à ce dîner. Autre embarras ;
je suis gauche, comme un écolier, avec les femmes.
Bref, que te dirai-je ? je perds la tête si tu ne viens

pas à mon secours, ma bonne et chère Ursule. Il faut
que je paye ma médaille d'honneur, et que je recon-
naisse dignement l'hospitalité belge. Arrive, et je
suis sauvé; mais arrive promptement, car tu as des
préparatifs à faire, et je ne veux pas trop prolonger
mon séjour ici. Ne t'inquiète de rien, Anvers est
une ville de ressources. Il y a des boutiques de confections comme à Paris, et tu pourras te payer un
kilomètre de dentelles, avec mon argent. Tu vois
que je te prends par ton faible. J'ai lorgné ce matin
un produit de Malines qui tenterait une impératrice :
il manque à cette merveille les plus belles épaules
du monde. Viens la prendre, il ne lui manquera
rien.

» Voici un obstacle : notre maison peut souffrir de
notre double absence. Silvain n'a pas ma confiance,
tout honnête qu'il est; c'est un coureur d'aventures
en ville, et je le soupçonne même de jouer à la
Bourse. Brigitte seule peut gouverner une maison,
par intérim, mais tu as besoin d'elle pour voyager.
Comment arranger cela? J'ai ici la nièce de Delphin, une excellente fille, qui a servi comme femme
de chambre chez le directeur de la Banque. Elle est
toute prête à te servir pendant ton séjour à Anvers.
Vois, et décide. J'approuve d'avance ce que tu feras,
ma chère amie. Tu peux très-bien retenir les trois

places d'un coupé, et faire la route de Paris à
Bruxelles, avec un léger bagage que tu laisseras à
la gare. Tu me trouveras à ta descente du chemin
de fer.

» Je compte si bien sur ton dévouement, que je
vais faire imprimer mes invitations en ton nom et
au mien.

» Je n'attends pas ta réponse ; je t'attends, toi.

» Et les bras et le cœur ouverts.

                              » Ton bon mari,
                                   » URBAIN. »

» *P. S.* En passant, achète-moi quatre paires de
gants, chez notre fournisseur ; on connaît mon numéro. Ne t'inquiète pas du passe-port, on n'en demande pas aux femmes. »

Ursule voyageait donc seule dans un coupé,
comme nous l'avons dit, elle avait même embrassé
avec joie, cette autorisation de secouer la tyrannie
de sa femme de chambre, et de vivre quelques
jours, loin de son espionnage ennuyeux. La fièvre
du voyage, le fracas des wagons, la variété des
sites, les incidents des rencontres, lui donnaient des
distractions si subites et si nouvelles, qu'il lui était
impossible de réfléchir longtemps, et de descendre
en elle-même pour juger sa situation. Arrivée à mi-

chemin du voyage, elle n'avait pas encore décidé si elle devait se réjouir ou s'attrister de la lettre de son mari. Cette incertitude même ne lui déplaisait pas, et elle voulait saisir toutes les occasions et tous les prétextes pour la prolonger jusqu'au terme de la route, mais à force de chercher autour d'elle l'étourdissement et la distraction, la pauvre femme trouvait des émotions inattendues qui voilaient de larmes ses beaux yeux, et remplissaient son cœur d'amertume : c'était un de ces incidents, si communs dans nos voyages d'aujourd'hui : une halte aux stations des villes flamandes, devant des barrières de fleurs ; les familles mêlées aux familles, et descendant sous de grandes avenues d'arbres ; les jeunes femmes montrant sur leurs visages les fières joies de la maternité heureuse ; les petites filles courant comme des apparitions d'anges ; les jeunes époux, liés par le bras et par le cœur, et souriant à ces charmantes œuvres de l'amour ; enfin tous ces petits tableaux d'extérieur domestique, qui s'exposent d'eux-mêmes sur les lisières du chemin, et mêlent leur gaieté sereine aux grâces de la campagne, et aux enchantements des soirs d'été.

Parfois, lorsque ces fêtes de famille se prolongeaient trop longtemps, Ursule baissait le rideau des stores, et appuyait ses mains sur ses oreilles pour ne pas entendre les éclats de joie enfantine, qui retentissaient autour des stations.

La joie d'autrui augmente la tristesse de ceux qui souffrent par leur faute, et cette tristesse devient une sombre mélancolie, après le coucher du soleil, lorsqu'une vaste plaine aux horizons inconnus semble se rétrécir graduellement à l'heure du crépuscule, et disparaît sous les ténèbres de la nuit, ne laissant en vue sur la lisière du chemin, que les gigantesques fantômes des peupliers. Ursule avait profité de la dernière lueur pour lire encore une fois la lettre de son mari, lettre si rassurante et si désolante à la fois, car elle ne trahissait pas l'ombre d'un soupçon dans l'esprit d'Urbain, et elle révélait des secrets de tendresse conjugale que l'absence inspire à ces hommes injustement accusés de froideur, parce qu'en présence de la femme aimée, ils ont la noble pudeur de la passion. Alors, accablée par sa douleur morale, et par une souffrance physique, dont elle ne pouvait deviner la cause, elle se recueillait, enveloppée de sa mantille dans l'angle de son coupé, comme une frileuse au coin du feu de l'hiver, et elle se déchirait elle-même, par la sanglante ironie de sa pensée, en se demandant si le gain conquis par la faute valait tous ces trésors de jeunese, de beauté, de fortune, de calme, de sé-

rénité domestique, follement gaspillés dans le caprice d'un instant !

Et comme l'âme désolée a toujours besoin d'une
ombre de consolation, pour respirer et se donner la
force de continuer sa souffrance, Ursule se faisait
un nouveau plan de conduite, dont elle devait commencer l'exécution en arrivant au cottage d'Anvers,
et elle comptait sur la loyauté du noble Edgar pour
réparer, autant qu'il était possible, une faute que
rien ne peut réparer devant les hommes, pas même
le repentir, écouté de Dieu seul.

Cette illusion donna même à Ursule assez de force
pour descendre d'un pied plus ferme sur la terre
belge, au moment où elle s'attendait à rencontrer
son mari et Edgar.

Libre du souci du bagage, elle chercha autour
d'elle, dans la gare, et ne trouva que des visages
inconnus. Le gaz éclairait comme le soleil.

Tout à coup un homme perce la foule des curieux
et des intéressés et, se découvrant avec respect devant Ursule, il se fait reconnaître.

— Ah ! c'est vous, Delphin ! dit Ursule, êtes-vous
avec mon mari ?

— Madame, dit Delphin, qui suivait les instructions religieusement et sans les examiner, —madame, votre mari a été accablé par les affaires et

les visites toute la journée, et avec une chaleur de
Sénégal, et il m'a fait l'honneur de m'envoyer à
Bruxelles pour vous recevoir, et prendre les bagages
demain. Voici la voiture que j'ai retenue, et qui
vous conduira tout de suite à la gare d'Anvers.

Ursule trouva cela fort naturel, et suivit Delphin.

Le jardinier monta sur le siége, s'assit à côté
du cocher, et la voiture fit le chemin indiqué.

Il faut une heure pour franchir le court intervalle
qui sépare Bruxelles d'Anvers. Ces deux charmantes
villes n'en font qu'une, grâce au chemin de fer.

En arrivant à Anvers, Delphin prit une autre voiture de place, et monta de nouveau sur le siége,
pour éviter les questions : il craignait d'ailleurs toujours de manquer son passage à bord du *Brabançon,*
en partance dans la même nuit. La voiture traversa
tout Anvers, et s'arrêta devant le portail du cottage
d'Urbain.

Delphin ouvrit la portière, et dit à Ursule, en lui
montrant la grille ouverte, l'avenue et le cottage
resplendissant de lumières à toutes ses vitres : —
Voilà, madame; je m'arrête un instant pour régler
mon compte avec le cocher.

Ursule éprouva un vif sentiment de joie en voyant
à vingt pas d'elle cette façade illuminée comme pour
la recevoir. Elle traversa la courte avenue d'un pas

leste, trouva la porte ouverte à deux battants, le
vestibule éclairé à *giorno*, le salon du rez-de-
chaussée resplendissant de girandoles, et pas l'ombre d'être vivant. Elle prêta l'oreille, et n'entendit
que le bruit monotone d'un balancier, dont on ne
voyait pas l'horloge.

N'ayant et ne pouvant avoir aucun soupçon, ras-
surée par l'air de fête qui régnait autour d'elle,
Ursule pensa que la société d'Urbain se promenait
dans le parc, et qu'elle allait rentrer au premier
moment. Une autre idée fort naturelle lui conseilla
de monter, pour mettre un peu d'ordre dans ses
cheveux et sa toilette, et paraître avec tous ses
avantages devant les botanistes anversois.

Elle monta l'escalier, et au premier étage, elle
vit une porte ouverte, une chambre à deux lits, et
une lampe astrale sur un guéridon.

— Oui, c'est cela ! dit-elle ; Urbain a tout prévu ;
c'est notre chambre, il était facile de la trouver du
premier coup d'œil.

Et elle entra lestement, pour trouver le côté du
miroir.

Une large feuille de papier, placée en vedette devant la lampe et sur le guéridon, attira d'abord son
regard ; elle se pencha, et lut ce mot, écrit en lettres
démesurées : — CHOISIS.

— Choisis ! dit-elle en elle-même ; ceci s'adresse à moi.

Et un frisson la saisit, comme si un vent de neige eût passé sur ses épaules nues, au sortir d'un bal d'hiver.

Elle regarda les deux lits, enveloppés de rideaux en toile de perse.

— Ah ! je crois comprendre ! se dit-elle, en souriant pour se rassurer.

Elle s'approcha du lit qui avait le guéridon, la lampe et la feuille de papier dans son voisinage ; elle entr'ouvrit avec précaution les rideaux, et reconnut tout de suite son mari, qui paraissait dormir profondément.

Elle referma les rideaux avec la même précaucaution, en se disant à elle-même :

— Ne le réveillons pas ! Il dort d'un si bon cœur !

Le mot *choisis* lui parut alors très-clair.

— Prenons l'autre lit, dit-elle.

Elle ôta son chapeau, ferma doucement la porte de la chambre, et trouvant étalées sur un fauteuil toutes les confections de toilette, indispensables ou superflues, elle remercia mentalement son mari de cette attention.

— Comme il dort avec calme ! pensait-elle ; on

ne l'entend pas respirer. Il paraît, en effet, que sa
journée a été accablante. Pauvre Urbain ! Il se fait
bon !

Une chaleur méphitique régnait dans la chambre,
et Ursule, respirant avec peine, s'efforçait en vain
d'ouvrir une fenêtre pour laisser entrer l'air frais
de la nuit. Le ressort de la persienne résistait ; il
aurait fallu une main d'Hercule pour le mettre en
jeu.

— Ce n'est pas moi, pensa-t-elle, qui pourrais
dormir entre ces rideaux.

Elle s'approcha de son lit, et sépara les rideaux
brusquement.

Un cri déchirant retentit et ébranla cette maison
déserte ; les bras d'Ursule s'étendirent et ne retom-
bèrent pas ; son visage se décomposa dans un accès
de terreur inouïe. Un cadavre hideux était assis sur
le chevet ; son torse ruisselait en putréfaction liquide ; ses yeux, ouverts et fixes, semblaient regarder Ursule, et cette face de spectre, déjà sillonnée
par le ver de la tombe, faisait encore reconnaître
le comte Edgar !

Ursule resta encore quelque temps immobile, la
bouche béante, les yeux fixés sur les yeux du spectre ; puis une convulsion nerveuse agita son corps,
et un mouvement que la pensée ne maîtrisait pas,

la fit tourner sur elle-même et porta ses mains sur les rideaux de l'autre lit, comme si elle eût voulu se réfugier auprès d'un être vivant et l'associer aux terreurs de cette vision formidable. Mais cette fois ses mains touchèrent des mains glacées, et ses yeux virent un autre cadavre, le cadavre d'Urbain, endormi du sommeil éternel. Reculant d'horreur, et toujours luttant avec courage contre la défaillance qui brise les pieds, et l'ébranlement du cerveau qui brise la raison, elle s'appuya sur le bois du lit pour ranimer ses forces et continuer la lutte; mais cette obstination invincible qui nous porte à regarder ce qui est intolérable à la vue lui fit ouvrir une dernière fois les yeux du côté de l'autre lit; et ils se refermèrent tout de suite devant la plus épouvantable des apparitions. Le cadavre d'Edgar, assis sur le chevet, et déjà en travail de dissolution, s'écroulait sur lui-même, avec des mouvements qui faisaient osciller sa tête hideuse et agitaient les mains sur la couverture du lit. Le hurlement de la terreur suprême déchira la poitrine d'Ursule; un tintement de bronze sonna dans sa tête; ses cheveux se hérissèrent et blanchirent; le souffle de la vie n'arriva plus aux lèvres, le cou se serra comme sous la pression circulaire d'un lacet; elle tomba entre les deux lits, comme si la foudre l'eût frappée sans se

faire entendre. Par malheur, ce coup terrible n'a-
vait pas donné la mort.

La jeunesse et la vigueur reprirent leurs droits
dans ce corps, où fonctionnaient si bien tous les
ressorts de la vie. L'évanouissement dura une heure.
La dette était payée à la terreur. Restait le désespoir, le souvenir intolérable, la vie entre deux ca-
davres, l'avenir impossible, un malheur sans fin,
une énigme sans mot, une femme sans nom.

En revenant à elle, Ursule se leva, ouvrit et referma les yeux, et marcha péniblement vers la
porte, en frissonnant, car il lui semblait qu'un souffle de spectre glaçait son épaule, et que deux mains
de squelettes allaient la retenir par les cheveux.
Elle descendit l'escalier, comme s'il n'avait eu
qu'une marche, traversa le vestibule et l'allée, recula d'effroi devant les deux pilastres blancs du portail, reprit encore son courage, franchit le seuil de
ce jardin de mort et s'élança au hasard dans la campagne, sans songer à sa toilette dévastée, à sa chevelure en désordre, aux périls d'une nuit ténébreuse ; elle allait toujours ainsi, d'un pas furibond,
emportée par le délire à travers les chemins frayés,
les sentiers de campagne, les jardins sans clôture,
sans savoir où la conduirait cette course haletante
et demandant au hasard la rencontre d'un précipice

à pic, d'une eau profonde, d'un gouffre béant, seules hôtelleries du désespoir. Le hasard ne lui fut pas favorable, il la laissa errer toute la nuit, comme une folle échappée du cabanon, et à l'aube, il lui barra le passage avec les murs d'enceinte de la gare du chemin de fer. Là, Ursule, épuisée de fatigue, tomba sur une banquette extérieure et s'assit lourdement comme si elle eût déposé le fardeau d'un corps qu'elle ne pouvait porter plus loin.

On apprêtait un convoi de petite vitesse pour Bruxelles et Paris. Un employé avisant une jeune femme dans un désordre de toilette qui annonçait une grave atteinte portée au cerveau, s'approcha d'elle et lui demanda, d'une voix ménagée, si elle partait par ce convoi. Cette parole humaine fut douce à l'oreille d'Ursule ; elle leva la tête et répondit oui.

— Eh bien! madame, dit l'employé, hâtez-vous. Voilà le bureau.

Ursule, par un mouvement machinal, fit remonter sa mantille au-dessus de sa tête, pour remplacer le chapeau par un capuchon, et déposant au bureau un billet de cent francs, dont elle oublia de prendre la monnaie, elle prit sa place et suivit deux ou trois voyageurs indigents à la salle d'attente, et après cinq minutes, au wagon.

Dès ce moment, la pensée et la raison ne fonctionnaient plus en elle. Endormie ou éveillée, elle vit les mêmes tableaux, elle s'épouvanta des mêmes visions, elle subit les mêmes rêves. L'immobilité lourde succédait à l'agitation folle ; des cris aigus sortaient de sa poitrine et se mêlaient au bruit des ferrailles du convoi, comme si elle eût été escortée par les fantômes qui traînent les chaînes de l'enfer. Ce supplice fut long et ne donna aucun répit à la malheureuse femme ainsi torturée. On eût dit qu'un bourreau invisible s'acharnait sur elle, en épuisant toutes les ressources d'un génie infernal : et pourtant, lorsqu'une lueur de raison traversait ce front meurtri par les angoisses, Ursule aurait voulu ne jamais arriver au terme d'un chemin et vivre toujours ainsi, emportée au vol d'un démon de feu, comme les âmes condamnées à décrire un cercle éternel dans les ténèbres des lieux profonds. La dernière station lui donna un réveil pire que la fiévreuse insomnie : elle aurait voulu reculer Paris aux limites au monde. En descendant de la gare, elle ressemblait, avec sa pâleur et sa robe blanche fanée, à une morte galvanisée qui s'éloigne de son convoi funèbre, pour faire quelques pas encore dans la cité des vivants. Une portière de voiture s'ouvrit devant elle, et sa lèvre murmura, par habitude, un numéro et le nom d'un faubourg. E le traversa Paris sans rien voir, sans rien entendre. Un reste de force et de pudeur la ranima un peu devant la façade de son hôtel. Ses pieds la portèrent dans sa chambre et défaillirent après cet effort. Brigitte entra et poussa un cri lugubre en reconnaissant sa belle maîtresse dans ce fantôme en suaire.

— Au nom du ciel! dit-elle, qu'est-il arrivé à madame? et elle tomba les mains jointes à ses genoux.

Ursule la repoussa du pied comme un reptile et fixa sur elle des yeux livides.

— C'est pour vous que je me suis traînée jusqu'ici! lui dit-elle d'une voix rauque; c'est pour vous que j'ai tenu ma raison à deux mains pour ne pas la perdre! C'est pour vous que j'ai voulu vivre un jour de plus!

Brigitte pleurait et voila sa figure avec ses mains.

Alors Ursule raconta, dans tous ses détails son affreuse nuit du cottage d'Anvers.

Et Brigitte sanglottait, la face contre terre, comme une coupable qui attend son arrêt de mort.

Alors Ursule, surexcitée par son horrible récit, ajouta :

—C'est vous qui avez tué ces deux hommes, vous
et votre amant, et pour quelques pièces d'or, sans
doute! C'est vous qui me tuez, moi, votre bienfai-
trice! Mais vos remords vous tueront, vous, infâme
créature de trahison et tueront l'autre aussi, cet
exécrable vendeur de chair humaine. Il ne m'a pas
attendu, lui! Je l'ai demandé. Il a quitté la maison;
il avait fait fortune! une fortune souillée de sang et
de chairs de cadavre! Allez rejoindre ce scélérat!
Vous! que faites-vous ici! Sors, démon; va-t'en,
te dis-je, ou je brise sur ta tête tout ce qui va tomber sous mes mains!

Ursule, arrivée au paroxysme de la fureur, saisit
sur la cheminée une statuette de bronze, et s'en
servit vigoureusement comme d'une massue pour
en frapper Brigitte à la tête. Un mouvement fait à
propos fit avorter la vengeance. Le bronze effleura
le front. Brigitte se releva précipitamment et courut
vers la porte, et lorsqu'elle se vit en sûreté, elle
s'écria :

— Comment les trouvez-vous ces belles dames!
Elles trompent leurs maris et assomment les hon-
nêtes filles! Je vais porter ma plainte, et les deux
hommes que vous avez assassinés à Anvers me ser-
viront de témoins!

Ce coup brisa la dernière fibre qui retenait la

raison dans le cerveau d'Ursule. Un éclat de rire furieux répondit seul à l'insolence de Brigitte.

Brisée par la fatigue, anéantie par les émotions, brûlée par la fièvre, Ursule courut à son lit pour trouver un peu d'oubli et de repos, dans la mort du sommeil, cette trêve du malheureux; mais en jetant un coup d'œil sur la grande glace de l'alcôve, elle se vit et ne se reconnut pas; le miroir ne reflétait plus la belle Ursule, il encadrait un spectre livide et un front vieilli sous des cheveux blancs. C'était hideux à voir. Cette nouvelle terreur arracha des cris plus stridents aux lèvres de la femme transfigurée. Un vieux serviteur, attiré par le bruit, entra dans la chambre et trouva Ursule agitée par toutes les affreuses contorsions de la folie. Brigitte avait disparu. Elle courait faire son rapport à Silvain.

Dès ce moment, Ursule se livra sans trêve à tous les accès de cette folie furieuse qui conduit à deux solutions promptes, la guérison ou la mort.

La pauvre Ursule eut au moins le bonheur de ne pas trouver la guérison.

FIN

TABLE

POISSY. — TYP. ET STER. DE AUG. BOURET.